JOIAS DE FAMÍLIA

A marca FSC® é a garantia de que a madeira utilizada na fabricação do papel deste livro provém de florestas que foram gerenciadas de maneira ambientalmente correta, socialmente justa e economicamente viável, além de outras fontes de origem controlada.

ZULMIRA RIBEIRO TAVARES

Joias de família

3ª reimpressão

Copyright © 2003 by Zulmira Ribeiro Tavares

Grafia atualizada segundo o Acordo Ortográfico da Língua Portuguesa de 1990, que entrou em vigor no Brasil em 2009.

5ª edição, 2007

Capa
Angelo Venosa

Foto da capa
Fachada da rua Florêncio de Abreu/ Cristiano Mascaro

Preparação
Claudia Abeling

Revisão
Ana Maria Barbosa
Arlete Sousa

Atualização ortográfica
Página Viva

Os personagens e as situações desta obra são reais apenas no universo da ficção; não se referem a pessoas e fatos concretos, e sobre eles não emitem opinião.

Dados Internacionais de Catalogação na Publicação (CIP)
(Câmara Brasileira do Livro, SP, Brasil)

Tavares, Zulmira Ribeiro
  Joias de família / Zulmira Ribeiro Tavares. — São Paulo : Companhia das Letras, 2007.

ISBN 978-85-359-0978-4

1. Romance brasileiro I. Título.

07-0275   CDD-869.93

Índice para catálogo sistemático:
1. Romances : Literatura brasileira 869.93

[2013]
Todos os direitos desta edição reservados à
EDITORA SCHWARCZ S.A.
Rua Bandeira Paulista 702 cj. 32
04532-002 — São Paulo — SP
Telefone: (11) 3707-3500
Fax: (11) 3707-3501
www.companhiadasletras.com.br
www.blogdacompanhia.com.br

Aos amigos da Cinemateca Brasileira

Maria Bráulia Munhoz, no nono andar de seu apartamento no Itaim Bibi, prepara-se para o almoço. A mesa está posta para duas pessoas: ela e o sobrinho. A toalha sobre a mesa redonda, pequena, é de linho branco adamascado e no centro há um lago também redondo e pequeno, de espelho. Sobre a superfície de espelho pousa um cisne de Murano.

Maria Bráulia — de velhice definida mas idade não declarada, com movimentos seguros e rápidos, acompanhados de tapinhas, faz aderir ao rosto o seu segundo rosto, o "social", de pele entre o rosa e o marfim, boca e face rosadas. Os cílios com rímel espevitam o azul dos olhos e atiçam o amarelo pintado dos cabelos. Com o rosto social mais uma vez encenado, o outro, o estritamente particular, recua, como acontece todas as manhãs, e é esquecido imediatamente por sua dona. Um rosto que de tão pouco visto por terceiros adquire a mesma modéstia do corpo murcho; e assim, trazê-lo à luz do dia, sustentá-lo sobre o pescoço como se fosse a coisa mais natural do mundo (o que vem aliás exatamente a ser), exibi-lo para algum outro, ainda que muito íntimo, como o sobrinho, lhe pareceria um ato da mais absoluta e indesculpável falta de pudor.

Lá embaixo na portaria o sobrinho pede ao moço da guarita que avise no apartamento 91 que Julião Munhoz está subindo. É o secretário oficioso da tia, um cargo que foi conquistado aos poucos nesses últimos anos.

No final de um almoço com poucos pratos, mas refinado e substancioso, Maria Preta, a empregada há muito tempo na família, apresenta, como sempre faz diante de cada um, uma vasilha pequena de cristal com uma pétala de rosa boiando em um pouco de água perfumada. Ambos mergulham a ponta dos dedos no finger-bowl que têm defronte, e os três, Maria Bráulia, Maria Preta e Julião, o secretário oficioso, de maneira quase imperceptível entreolham-se e confirmam pelo olhar alguma coisa muito secreta e prazerosa que lhes é comum. Maria Preta aparenta uns quinze anos menos que Maria Bráulia e o seu pixaim alisado está todo grisalho. Usa óculos de aro dourado, um uniforme cinzento de riscas com avental branco. Julião é um moreno de cabelo cortado à escovinha e um tanto corpulento para os seus trinta e poucos anos. Veste camisa esporte e um blazer claro.

Tia e sobrinho levantam-se para tomar o café na varandinha alegrada com plantas. O dia está muito bonito e lá ficarão a salvo dos ouvidos de Maria Preta. Maria Preta é discreta mas não é surda; e o apartamento é pequeno. Maria Preta é como se fosse da família. Em algumas circunstâncias isso quer dizer exatamente o que enuncia: que Maria Preta é como se fosse da família. Em outras, que Maria Preta não é como se fosse da família, uma vez que não é da família, é apenas "como se fosse". Hoje é uma dessas circunstâncias. Pois além de falarem de várias coisas do interesse de Maria Bráulia e que para Maria Preta podem parecer distantes, talvez mesmo remotas, vão falar de joias, mais especificamente do famoso rubi sangue de pombo, presente de noivado do defunto juiz Munhoz a Maria Bráulia.

Tia e sobrinho esperam a porta da cozinha ser fechada. O ar à volta da varanda tremula em uma fina malha dourada. Os sons estão suspensos, o céu esmaltado de azul sem uma rachadurinha, um fiapo de nuvem. Ah, o veranico de maio. Maria Bráulia respira fundo aquele ar tingido de ouro, aquele verão fingido e perfeito, sem os excessos do verdadeiro.

— Pois é... — está lhe dizendo o sobrinho, a voz um tanto ansiosa — quem diria... sei que vai ter um grande choque, minha tia, não queria eu lhe trazer a notícia, me admira que durante todo esse tempo nunca... nunca tenha feito uma avaliação...

Maria Bráulia não o ajuda. Está ali quieta, as mãos finas e compridas de nós dos dedos salientes com o palor e o formato de pérolas barrocas, brincam os dedos na echarpe verde-musgo presa por um alfinete de prata e malaquita onde de cada lado os peitinhos simetricamente modelados pelo sutiã (trazido de Paris por uma amiga de uma casa especializada em confecções para a terceira idade avançada) mal se anunciam sob a blusa de seda natural.

— Minha tia, o rubi é falso!

Maria Bráulia firma as mãos nos braços da cadeira.

— Não é possível! Um autêntico sangue de pombo! Seu joalheiro avaliador...

— O melhor no ramo, minha tia, veja aqui a firma.

— ... um reles mentiroso! Um falsário!

— Mas como um falsário, minha tia, se justamente ele é quem denuncia falsificações... O melhor no ramo...

— Um avaliador falsificador!

— Minha tia...

— Sei absolutamente do que estou falando. Você vai voltar e dizer ainda hoje para esse senhor melhor no ramo que ele não passa de um reles falsificador! Que sou eu que o afirmo! Acha então que com minha experiência em joias eu não ia perceber? Que nunca vi rubis na minha vida? Esse vermelho tão puro com a pequena tonalidade azulada! Qual a imitação que ia conseguir reproduzir esse fogo azulado por dentro do vermelho? Um rubi autêntico, um autêntico sangue de pombo de quase dois quilates, lapidação antique, da região de Ratnapura no Ceilão, no... no Sri Lanka! Como eu disse quando lhe passei o anel. Não tem preço!

Maria Bráulia Munhoz deve estar profundamente chocada, conjetura o sobrinho. Tão profundamente chocada que a voz perdeu qualquer modulação; como se tivesse sido desossada e guardada em formol. Uma voz ameaçadoramente átona. "É como se lesse o que está dizendo, não mostra a raiva das outras vezes em que eu a contrariei", continua a pensar Julião horrorizado. "Na sua idade tudo é muito perigoso, isso pode ser mau sinal, vamos devagar..., bem devagar."

— Minha tia, antes de tudo peço-lhe calma, muita calma.

— Pareço acaso nervosa?

— Justamente, minha tia, não parece. Tiro o chapéu para o seu autocontrole.

— E o que vocês da sua geração entendem de chapéus? Já chegou a usar algum chapéu na sua vida? Se usasse talvez não teria esse comecinho de clareira aí bem no meio da cabeça!

Julião, que se havia curvado para pegar o papel da avaliação no chão de lajota, endireita o busto surpreso e ofendido. Nunca teria podido imaginar que com o cabelo cortado à escovinha alguém tivesse percebido qualquer coisa.

— Então, então, estou calma, o que mais tem para dizer sobre o meu rubi sangue de pombo?

Julião se cala.

— Meu filho, vamos lá, vamos até o fim agora; quero alcançar a extensão da tolice.

— Muito bem, tia Brau, mas espere então eu dizer tudo. Só para começar, assim que ele botou o olho na pedra...

— Na gema. Que joalheiro é esse que chama gema de pedra?

— Sou eu que estou chamando, não é ele, minha tia, desse jeito a senhora não me deixa terminar nunca.

— Muito bem então.

— Ele viu assim que pegou o anel; para início de conversa, a cor do vermelho não era sangue de pombo nenhum.

— Não era então?

— Não senhora tia Brau, não tinha as características. Ele foi taxativo.

— Poderia me dar o nome desse ele que afirma asneiras com uma tal empáfia?

— Mas nunca lhe escondi, minha tia! Já lhe havia dito ontem no telefone, está aqui no papel, senhor Benedito Moreira Zanni, um dos donos da joalheria MZ; não há no Brasil quem não conheça. Toda hora saem encartes nas melhores revistas do país com a reprodução de suas coleções de joias, na *Em Dia, Janela, Expô*.

Maria Bráulia Munhoz olha para fora, para a doce penugem dourada de maio depositada nos prédios distantes e próximos, nas suas guarnições, quinas, parapeitos. Não diz nada. Maria Preta nesse momento abre a porta da cozinha, atravessa a sala e entra na varanda para retirar a bandeja do café; entra no momento certo, parece ter estado aguardando um sinal qualquer, talvez aquele minuto de silêncio, para fazer sua aparição; como no teatro. Nas comediazinhas cantadas a que Maria Bráulia assistia nos tempos do Munhoz, desaparecia-se aqui, a empregadinha surgia ali. A patroa saía por lá, o patrão beijava a criadinha, ali, ali, no lugarzinho. Abria-se a boca e se começava a cantarolar no canto direito do palco, no canto esquerdo... no canto esquerdo, ah. A cortina está aberta e o palco iluminado e cheio de ouro é como maio derramado sobre esses prédios; uma borracha dourada vai apagando o que acontecia nesses palcos e só deixa a luz esfarinhada e brilhante sobreviver no ar da varanda embandeirada de plantas. Se Maria Preta esteve escutando atrás da porta não foi apenas para fazer a sua entrada no momento certo, mas Maria Bráulia sabe que da cozinha com a porta fechada não se pode entender o sentido do que se conversa na varanda. A não ser que os dois estivessem gritando. Não estão. E ao observar as costas da empregada que se afasta, tão retas quanto as suas, Maria Bráulia duvida um pouco de uma Maria Preta meio fora de prumo como uma vassoura encostada atrás da porta. Impossível.

Julião continua nervosamente: — O Zanni não ficou nada espantado. Disse que é muito comum casos assim com joias de família. A montagem da joia é boa, a imitação benfeita, quem não é especialista... Ele foi muito objetivo tia Brau, fiquei sabendo muito sobre falsificações, no caso dos rubis principalmente a coisa se complica. Além dos rubis sintéticos ele falou dos reconstituídos, feitos com lasquinhas de rubi, e também das pedras compostas, os doublets, compostos de duas partes, os triplets, compostos de três.

— Ah, sim? Compostas? Como é isso?

"O tom da voz!", vai anotando Julião. "Nenhum, nenhum!" — Uma parte é de rubi sintético, em cima uma camada fina de granada, no meio cimento colorido, a montagem da joia esconde cimento. Ou cristal de rocha e vidro, por exemplo, ou vidro e topázio e cristal, ou rubi sintético em cima e embaixo vidro, ou cristal. E tem ainda outras pedras valiosas mas que não são rubis e antigamente passavam por rubis, espinélios por exemplo ele disse, até na coroa imperial inglesa houve enganos naturalmente o tio Munhoz não sabia que estava lhe dando uma joia falsa veja os espinélios se até na coroa imperial imagine, não tinha qualquer ideia, deu de boa-fé.

— Eu me ocupo com a honra do Munhoz, você se ocupa em me explicar muito direitinho essa história toda.

"Mas por que ela insiste nessa voz sem ossos, nessa voz de papa", aflige-se cada vez mais Julião, o sobrinho-secretário que, tal como as gemas compostas, é dois em um, padecente enquanto sobrinho, padecente enquanto secretário. "Deve estar estarrecida, pela pedra, pelo tio", vai tirando a sua conclusão também composta. — Em suma, minha tia, a imitação é benfeita, benfeitinha reconheceu o Zanni.

— É? E o que tinha em cima, no meio, embaixo?

Julião Munhoz espreguiça-se para fingir descontração, cruza as mãos no alto da cabeça, bem no ponto da pequena quase invisível clareira: — Minha tia aí é que está, ele não precisou fazer todos os testes já foi falando. Tia Brau, nem ao menos é um doublet ou triplet, é vidro, só vidro, vidro bom, usado nas imitações boas, flint, mas vidro, vidro, um rubi de vidro! Somente. O Zanni ficou uns bons minutos abanando a cabeça e resmungando: sangue de pombo, sangue de pombo. Parecia um pouco envergonhado pela gente. Se a senhora quiser que eu leve em outra joalheria, para outro avaliador, ourives ou...

— Não vale a pena.

Maria Bráulia Munhoz levanta-se com elegância, rejeita com um movimento imperceptível, uma espécie de pequena cotovelada no ar, a ajuda do sobrinho.

— Me dê aqui o anel.

Julião, o sobrinho-secretário, tira pressuroso uma caixinha do bolso. A tia abre a caixa, segura o anel, coloca-o no anular da mão esquerda, distancia um pouco a mão que faz graciosos arabescos no ar enquanto ela o observa com os olhos entrefechados:

— Não é a melhor hora para apreciá-lo e ainda assim... veja que beleza! Você sabia que o rubi é uma gema que na luz artificial ainda fica mais bonita, o que não acontece por exemplo com a safira?

"Age como certas pessoas que não aceitam a morte de um ente querido e continuam falando dele como se estivesse cheio de vida, jogando saúde fora", pensa Julião. "É preciso dar tempo ao tempo para ela cair na realidade!"

— Bom meu filho, é a horinha da minha sesta, você vai me dar licença...

— Mas tia Brau, todo o resto, não falamos ainda do resto, só do rubi.

— Alguma coisa muito urgente?

— Bem, urgente, urgente, propriamente...

— Vamos deixar para a semana que vem então. Acho que vou ter uma das minhas enxaquecas. O anel volta para o cofre. Por enquanto fica lá.

Julião está abalado com o fim brusco da entrevista. Desapontadíssimo. Abre a boca; hesita. Tem mais medo das enxaquecas da tia do que das cotações da Bolsa. Corre a mão pela mureta da varanda, olha lá para baixo, pensa no comércio do Itaim Bibi, nos comerciantes pequenos e grandes que por lá circulam, ou vendem ou não vendem, tudo tão simples, pode ser um apartamento ou mesmo um prédio inteiro, ou só cortinas, um pufe, alpiste, flanelas ou panelas, computadores, escovas interdentais, uma bíblia ilustrada, ou uma bíblia simplesmente sem qualquer ilustração, ou mesmo ilustrações sem nenhuma figura bíblica dentro, muito pelo contrário, muito pelo contrário; conhece bem o comércio dali, o que não se vende!

Que importa o quê? Grandes ou pequenos, tanto faz, tudo tão simples, tão claro, tão...

— Minha tia, tia Brau — ousa por fim timidamente Julião —, talvez a safira...

— Ah não meu filho, desculpe. Primeiro foi o rubi, agora a safira, depois serão as pérolas, a turmalina, para acabar tudo virando um montinho de pedregulho? Quando precisei me desfazer dos diamantes depois da morte do Munhoz, chorei. Vejo agora que tive sorte. Não querido, deixemos as coisas por enquanto como estão. Não há pressa.

Abandonam a varanda, dão as costas ao amarelo cheio e derramado de maio, mas o outono se esconde nesse pequeno, cálido e falso verão, um fulgor azulado em seu centro escurecendo, talvez já nos próximos dias, o vermelho do sol.

Não há por que voltar ao assunto. Julião permanece um instante em silêncio no meio da sala. Estende a mão e se curva um pouco para beijar a tia no rosto. Apesar de tudo é um sobrinho-secretário modelo. Não insiste quando sabe que não é hora. Aquele rubi sangue de pombo, sangue da puta da pomba que o pariu isso sim, botou tudo a perder. Por que teria que começar justamente por ele? Depois de meses de insistência, de amolação mesmo, reconhecia — finalmente a tia havia concordado na semana passada que fosse feita uma avaliação criteriosa de todas as suas joias, aos poucos. Ele tinha razão, dissera, ele estava com carradas de razão, era preciso mesmo saber ao certo o quanto valiam, um dia quando precisasse, se precisasse (espero que nunca tia Brau) fazer dinheiro com as joias, não seria apanhada de surpresa. Ele estava certo sim, tinha carradas de razão. E a tia por fim o deixara profundamente emocionado quando lhe havia ainda dito inesperadamente quase na hora de se separarem: Vamos começar pelo meu rubi sangue de pombo. Acho que é o que tenho de mais precioso. Avalie muito direitinho viu? Agora não fique muito assanhado com o que eu vou lhe dizer, mas quando fizer cinco anos de serviço aqui comigo (daqui a um ano, tia Brau), então a gema será sua (tia Brau). Se você for louco o bastante para vendê-la (nunca tia Brau), bem, não me importa, não estou lhe dizendo que vai ser sua? Não é você o único sobrinho do Munhoz? Você apura o que puder e aplica como quiser só que para mim um rubi desse tipo não tem preço! (tia Brau). E ele havia então se erguido ligeiramente da poltrona, curvado o dorso e lançado os braços para a frente, o que teria dado a um possível observador localizado em qualquer ponto da sala (menos à própria Maria Bráulia, que já abrira as pálpebras dos seus olhos interiores e só observava agora o que se movia do lado de cá, na câmara escura de suas divagações) a exata impressão de que iria no momento seguinte rojar--se de joelhos diante da tia, a seus pés. Porém havia então apenas lhe agarrado as mãos e as apertado demoradamente nas suas; e durante todo o tempo a sua parte posterior esteve suspensa no ar em um trêmulo e respeitoso equilíbrio. Mais tarde, depois da costumeira sessão do cafezinho, o diálogo foi retomado: Não, o aumento que me pede é impossível. Não seja tão pidão! Já não lhe prometi a joia? Sei, sei, está apertado, vai tirando a sua parte dos aluguéis como sempre, posso adiantar alguma coisa. Se estou dizendo *como sempre*, como aumentar a porcentagem? Em setembro lhe dou um aumento. Se precisa de um dinheiro extra por que não arranca aquele casal choramingas da minha melhor casa no Paraíso e a aluga por um bom preço? Você leva de gratificação os dois primeiros aluguéis inteiros (tia Brau, a lei do inquilinato). Não quero saber. Um bom advogado é como um bom tintureiro dizia sempre o Munhoz. Pinta qualquer lei com as cores da sua bandeira! Estude advocacia (mas me formei em comunicação tia Brau). E não pratica, não pratica! (saí do emprego para ficar só com a senhora minha tia). Se fosse advogado seria outra coisa (vou pensar tia Brau). Você sempre diz isso. Pense mesmo. Pense.

Em vista do que, antes de se dirigir para a porta ele ainda ficara ali parado de pé. O que repete agora relembrando a exortação; mais uma vez de pé diante de Maria Bráulia. A cabeça baixa e as sobrancelhas alçadas. Almejando passar um certo ar de submissão (educada e até certo ponto altiva, e que fosse o resultado de um longo hábito de respostas sintonizadas com seus desejos) misturado ao de uma reflexão vivaz (dando seguimento a um movimento sempre espontâneo e renovado em busca das melhores soluções para os seus negócios). Tem alguma dúvida porém quanto ao efeito alcançado. Pois em uma súbita visão vê ali parado diante da tia um ursão manso com o pelo um pouco ralo, estropiado mesmo, talvez devido às andanças entre os humanos, ou pelo fato de nunca ter usado chapéu. Diversamente das aparições religiosas, porém, esta não lhe dirige a palavra reveladora (ou qualquer outra) e o seu mutismo se explica por sua identidade, que ele, no fundo, nunca duvidara qual fosse.

Julião Munhoz finalmente chama o elevador e logo mais se encontra pisando terra firme, o solo do Itaim Bibi. Nove andares o separam do apartamento 91. Longe está da pequena mesa redonda paralisada no ar, lá no alto; do cisne de Murano no centro, deslizando tão velozmente através dos muitos anos de fartura vividos por Maria Bráulia Munhoz, com o majestoso porte refletindo-se na superfície polida do lago de espelho, que nem parece sair do lugar. Longe está de Maria Preta, que ora olha de baixo para cima, ora de cima para baixo, conforme as circunstâncias. Por isso seu rosto não se memoriza com facilidade e até nas fotografias dos álbuns da família Munhoz tem-se dificuldade em fixá-lo; é um rabisco, um zigue-zague; as íris, além de subirem e descerem, rolam frequentemente também para os lados, e os cantos dos olhos ficam iguais aos rabinhos dos ratos cinzentos. Zucti, somem; onde estão? Longe está do sol que se deposita na pequena varanda como uma bola de ouro enquanto aqui embaixo a tardinha já escurece nas entradas das lojas e as esquinas cruzam corredores de frio.

Jurema irá encontrá-lo mais tarde, e hoje também Bento, para o chope com salaminho. Tudo considerado, o que fez de mais concreto nesse dia foi comer. Bento vai dar o murro de sempre na mesa quando souber dos sucessos do dia, mas Jurema irá se mostrar compreensiva, dirá que não se importa e que mais cedo do que ele pensa terão capital para o ponto de videopôquer. À noite não conseguirá fazer amor direito com Jurema, será obrigado a introduzir assuntos de digestão em um momento em que só deveriam sobreviver os amorosos, o que soará tão mal quanto aquela mistura (inevitável) da tia com jogos eletrônicos clandestinos, mas Jurema uma vez mais irá se mostrar compreensiva. E essa lembrança o leva de volta ao apartamento 91; e da compreensão jamais esgotada de Jurema retira força moral para se condoer de Maria Bráulia e de suas enxaquecas. Como estará passando?

Surpreendentemente passa bem; e muito. Está deitada no quarto com as persianas descidas. Respira tranquilamente mas não chega a dormir. Seu rosto social continua firmemente afivelado ao natural e ela permanece deitada de costas numa cautela desnecessária para não manchar a fronha com os tons vivos das faces pois usa os melhores produtos existentes no mercado e esse segundo rosto, tão alegre e de cores tão primaveris (indiferente à ação da água, do vento, ao atrito de panos e esponjas e mesmo das pedras-pomes) será removido apenas quando sua dona o desejar, por meio de um cheiroso líquido de um branco de leite.

As mentiras de Maria Bráulia, como as de todos os bem-sucedidos e experimentados mentirosos, geralmente não são formadas de uma peça só, contêm vários elementos, muitos verdadeiros, e sob esse aspecto pode-se observar nelas alguma semelhança com os rubis falsos ou semifalsos em montagens do tipo doublets e triplets. Maria

Bráulia por exemplo sofre de enxaquecas, o que não quer dizer que sempre quando anuncia a proximidade de uma crise isso seja a expressão da verdade. Ou pode juntar sintomas verdadeiros, mal-estar generalizado, leve enjoo etc., a uma enxaqueca inexistente. Ou descrever minuciosamente para o sobrinho, sempre muito impressionado, sintomas tais como: agulhadas de um lado só da cabeça, moscas luminosas voejando-lhe ao redor dos olhos, pressão do globo ocular esquerdo como se um dedão invisível quisesse afundá-lo definitivamente na órbita — para marcar uma enxaqueca branda, já controlada por remédios e que absolutamente, em nenhum momento de sua evolução, chegara a apresentar tais características.

Toda essa técnica sem dúvida ela aprendera aos poucos, por "contágio", no convívio de anos com o juiz seu marido, muito mais velho, e que sempre fora nesse campo, mestre.

Uma ocasião, tempos depois do casamento, em um dia em que o marido trabalhava em casa, ao abrir a porta do escritório o surpreendera com o seu secretário particular, entretidos ambos numa espécie de ginástica rítmica conjunta, de natureza obscura. Ao darem pela sua presença separaram-se imediatamente. A luz àquela hora era pouca no escritório (a lâmpada de leitura não estava acesa, o que acontecia mesmo nos dias curtos e sombrios de inverno, às vezes devido à distração do juiz, frequentemente à sua obstinação em só usar eletricidade quando fosse noite fechada) e assim o resto da tarde ela meditou no que havia entrevisto. À noite, durante o jantar, o Munhoz explicou-lhe tranquilamente que o secretário também era fisioterapeuta e que ele, juiz, precisava de constantes exercícios relaxantes e ativadores da circulação, particularmente necessários com a vida sempre tão sedentária que levava, de tantas responsabilidades e com tão fortes tensões morais. Com o tempo ela foi compreendendo o sentido dessa e de outras cenas um tanto bizarras que às vezes ainda lhe ocorria presenciar (ou suspeitar); nada de grande vulto, uma preocupação desusada do secretário com a nuca do juiz, a sua mão que ali às vezes se detinha demoradamente pesquisando com a ponta dos dedos algum ponto enrijecido, pés que se embarafustavam na jurisdição de outros por debaixo da mesa, coisas de pouca monta. Ainda assim, por longo tempo lhe sobrou alguma dúvida a respeito de tudo aquilo, pois os que sofrem a ação da mentira, tanto quanto os que as inventam, mentem também para si mesmos e defendem-se dos efeitos devastadores da verdade inoculando em si próprios, regularmente, pequenas doses de ilusão. Além do mais o secretário do marido vinha a ser realmente um excelente fisioterapeuta (o marido *não* lhe mentira) formado na clínica de um médico ortopedista alemão muito conhecido na época em São Paulo e essa tinha sido sua profissão até passar para a área jurídica, quando iniciara seus estudos de advocacia estimulado pelo juiz Munhoz.

Mas a grande lição nesse terreno Maria Bráulia recebera do juiz Munhoz ainda quando apenas ensaiava os primeiros passos de uma existência ao seu lado, apesar de só bem mais tarde ter alcançado o seu "verdadeiro" sentido.

No dia do noivado o juiz Munhoz havia tirado do bolso uma pequena caixa (a mesma que Julião tirara também do bolso ainda há pouco) e diante dos olhos deslumbrados de Maria Bráulia lhe havia colocado no dedo um autêntico rubi sangue de pombo, lapidação antique, encontrado na região de Ratnapura, no Ceilão, uma pedra de bom tamanho principalmente ao se levar em consideração que rubis grandes são mais raros que diamantes. Isso tudo lhe fora explicando carinhosamente o juiz Munhoz com ar displicente (sem esquecer contudo a precisão) erguendo e baixando a mão da noiva por diversas vezes como se esta fosse uma ventarola, para examiná-la sob diferentes ângulos e diferentes efeitos de luz. Dissera também que o anel lhe chegara às mãos por meio de um comerciante espanhol que só comercializava gemas de reconhecido valor, em montagens de época, e que infelizmente partia definitivamente para a América, onde tinha família. Poucas pessoas o conheciam porque estava apenas de passagem pelo Brasil, para tratar de assunto particular, e nesse período tivera pouco contato com brasileiros. Sendo o juiz Munhoz um homem austero, bem de vida mas não propriamente rico, o seu gesto foi tomado pela família de Maria Bráulia, esta sim muito rica, de fortuna sólida nascida com indústria de tecidos, e de onde lhe haviam vindo as outras joias, a turmalina, o topázio, as pérolas, os dois diamantes etc., como uma tocante prova de amor. Depois de Maria Bráulia desfilar com o anel no dedo diante da irmã e dos pais embevecidos, quando acompanhou o Munhoz até o alto portão de ferro ladeado pelo muro de exuberante folhagem, este lhe pediu para tirar o anel porque ele ia levá-lo de volta. Estupefata, ela lhe perguntou timidamente (o juiz lhe causava um pouco de medo) a razão de um pedido tão estranho. Ele então lhe respondera que com as gemas de grande valor e que além do seu valor intrínseco possuíam um valor histórico — como vinha a ser o caso daquele rubi que andara circulando pelas melhores casas da Espanha — era usual a produção de gemas de imitação, praticamente iguais às verdadeiras, para que estas só fossem usadas em ocasiões muito especiais. (E então?, ela indagara, sempre entre deslumbrada e atemorizada.) Como até o casamento eles teriam de comparecer a várias reuniões organizadas pelo amplo círculo da parentela e dos amigos, e como ela era ainda uma tontinha (e ele lhe havia feito um delicado afago no queixo), no dia seguinte lhe seria entregue uma cópia, idêntica ao anel. Ela não notaria a diferença; ele queria já hoje tê-la trazido, mas o comerciante espanhol a retivera para mostrá-la a um conhecido, fazer às custas da ignorância dele um pequeno teste. Mas por que você não me diz o nome dele, não o traz aqui? Meus pais gostariam tanto de conhecê-lo, você sabe como eles gostam de joias. Justamente por isso, ele acrescentara sorrindo, com novo afago, não quer ser importunado, está de partida. E ela ainda se entristecera porque ele, como das outras vezes em que haviam se despedido na ampla área de sombra produzida pelo muro alto, beijara-lhe o rosto de forma ainda mais leve do que a brisa da noite na exuberante folhagem. A brisa não tivera força para agitar a folhagem contudo seu rosto tremera e queimara (também um pouco por despeito) naquele ninho de sombra. (É um respeitador!, pensara imediatamente em seguida e pediu a ajuda de Deus para voltar sua atenção apenas para o rubi.)

Lindo! Lindo! Como é lindo, ela repetira várias vezes então. E ele concluíra: além dos pais e da irmã Maria Altina, ninguém mais precisaria saber que ela não carregava no dedo um autêntico sangue de pombo de presente de noivado. (E quando partissem para a Europa?) Ir para uma viagem com uma gema daquelas no dedo? Nunca! Na volta então ele a retiraria do banco para ela usá-la em algumas circunstâncias muito, muito especiais.

E assim no dia seguinte o juiz Munhoz trouxera a Maria Bráulia a mesma caixinha e dentro dela havia um anel que em tudo e por tudo parecia o mesmo da noite anterior (ah, mas não era!) e o colocara cuidadosamente no anular da noiva em um gesto que também vinha a ser a réplica exata do da véspera.

E ela novamente desfilara perante os pais e a irmã embevecidos com os avanços da joalheria. Os pais sabiam que só as gemas de grande valor faziam-se merecedoras de uma cópia e assim passaram a olhar para a imitação com respeito ainda maior do que aquele com que na véspera haviam olhado para o original. O pai chegara mesmo a dizer na ocasião que no caso a obra do homem e a obra de Deus possuíam a mesma beleza. Só que a de Deus é que é a verdadeira, acrescentara a mãe um pouco aflita com a imagem um tanto sacrílega. E assim logo depois de casados Maria Bráulia e o juiz Munhoz partiram em viagem de núpcias para a Europa (um presentinho dos pais da noiva) embarcando no transatlântico *Capitão Polônio* com destino a Paris. Três meses depois estavam de volta ao mesmo porto de Santos, pelo *Alcântara*, com a família toda no cais para recebê-los, acenando alegremente. Durante a viagem porém acontecera um pequeno acidente. O anel com o falso rubi sumira na Suíça, mais precisamente em Lausanne. E então, o que eu disse?, ele comentara brincalhão (e apesar do tom ameno ainda assim ela se encolhera um pouco e ficara menorzinha. E ninguém diria, ao ver aquele pequeno caracol, que dali sairia um dia a velha lépida e desempenada de hoje). Porém não valia a pena se aborrecerem por causa de uma pedra falsa. Não sabiam com segurança se o anel tinha sido roubado no quarto do hotel ou esquecido em outra parte, no restaurantezinho com a linda vista para o lago Leman, quando Maria Bráulia o havia tirado por momentos para limpá-lo de um respingo de molho, ou... e assim o juiz Munhoz nada fez para recuperá-lo. A família elogiou mais uma vez a sua prudência. Ah, se tivessem viajado com o anel verdadeiro, a essas horas...

Algum tempo depois já estavam instalados na elegante casa da alameda Eugênio de Lima e estabelecida a rotina dos almoços e jantares na saleta onde faziam as refeições quando a sós ou em pequeno grupo, diante da pequena mesa redonda com o lago de espelho no centro; e no centro do lago o cisne de Murano com aquela qualidade fosca de um cinza levemente rosado, de algo muito frio, de gelo, mas também iluminado e tocado pelo calor (um sorvete colorido, uma aurora boreal), que tanto prazer trazia aos dois. E havia finalmente a cerimônia breve e cúmplice da pontinha dos dedos aflorando rapidamente a superfície da água perfumada dos finger-bowls gêmeos, numa demonstração ostensiva sobre a natureza fingida da operação (quanto ao asseio que proporcionava) mas verdadeira (quanto à necessidade de asseio que proclamava).

Viver! Viver! Como era excitante estar finalmente ali na própria casa! Como por uma região pouco explorada, ainda parcialmente estranha e hostil, ela se movia cuidadosa e atentamente no meio da quantidade de presentes (alguns ainda não desembrulhados) a exigirem o seu pronunciamento definitivo quanto à localização, utilização diária ou eventual, ou raríssima, ou nenhuma. Os duplos desses objetos todos ganhando vida própria e circulação independente, produzindo um vago zumbido em sua cabeça (talvez o embrião das futuras enxaquecas). Uma floresta luminosa e farfalhante, cheia de formas ouriçadas precisando urgentemente serem domesticadas, orientadas, depositadas. E no centro dessa região recém-explorada e conquistada apenas parcialmente, como uma imagem-tronco da qual as outras derivavam ou para ela afluíam: sempre a mesa redonda com o pequeno lago polido no centro (habitada por uma única e solitária ave de indiscutível dignidade e cujo perfil lhe lembrava vagamente o do próprio juiz ao ler os jornais da manhã após o café: a cabeça sem descair, o peito inflado, o nariz afilado e grande projetando-se entre as manchetes do dia erguidas à altura dos olhos). E ela e o Munhoz anoitecendo e amanhecendo ali ao lado, uma perfeita dupla de concertistas, interpretando a quatro mãos a mesma peça mas tirando da superfície arrepiada da água dos finger-bowls gêmeos encantos sempre renovados. Tudo isso vinha a ser tão absorvente e exigia tanta concentração da parte de Maria Bráulia que à noite ela se jogava na cama exausta, noites como devem ser as noites verdadeiras, de luzes apagadas e muito sono. Pouca energia lhe sobrava então para analisar o que exatamente se passava naquelas noites tão escuras. Um arranhão apenas no breu das horas. ("Um respeitador!", ainda pensava às vezes, virando-se depois para o outro lado.)

Por essa ocasião cogitou-se novamente do rubi. O Munhoz foi então retirar o anel do banco para a confecção de nova cópia e depois, em companhia da mulher, dirigiu-se a um joalheiro que lhe havia sido muito recomendado. Ficaram estarrecidos. A pedra guardada no banco era falsa! Eles haviam viajado com a verdadeira! O joalheiro, sr. Marcel de Souza Armand, disse que apesar da imitação ser de boa qualidade e passar por verdadeira para quem não entendesse de gemas, de apresentar boa refração e a montagem da joia ser primorosa, um exame detalhado revelaria logo o engodo. O Munhoz na hora de deixá-lo no cofre particular do banco confundira-se, nada mais natural, não era um perito, era juiz! Ainda assim, teria sido imprevidente? Sem dúvida, pensava Maria Bráulia de si para consigo. Mas como ela o havia sido, por seu lado, ficava difícil incriminá-lo, mesmo em pensamentos (ele continuava lhe causando um pouco de medo). E à medida que refletia mais e mais sobre o assunto, mais achava que a ela cabia a parte maior da culpa; pois ele apenas se confundira com a própria perfeição da imitação enquanto ela — bem o sabia agora! — agira pérfida e conscientemente com total desleixo para com uma joia de imitação que deveria passar por verdadeira, mas que na verdade sendo uma joia verdadeira que passava por uma de imitação, terminara por lhe trazer de volta ao dedo exatamente o anel que ela negligenciara e supunha perdido, enquanto perdia-se definitivamente — como um sol que afunda para sempre no horizonte trazendo consigo a noite fechada e eterna (uma cortina de crepe escurecendo as alegres imagens de Lausanne) — aquele outro que tudo indicava dormia, durante o tempo inteiro da viagem, em segurança no fundo de um cofre bancário!

Mas o Munhoz foi muito generoso. Insistiu — ainda que sem muita convicção — que a culpa era igualmente sua. Não contaram nada a ninguém. Durante sua viagem de núpcias, porém, espalhara-se entre os conhecidos e familiares que a raridade e a pureza do rubi sangue de pombo do anel de noivado de Maria Bráulia era de tal ordem que existia uma cópia da joia para protegê-la. O Munhoz não ficou aborrecido com a boca-rota dos sogros quando, ao chegarem de viagem, muitas pessoas o haviam abordado a respeito. Compreendia em suma seu natural desejo de mostrar ao círculo de relações o quanto valia a joia que sua filha ganhara e que a existência de uma imitação vinha confirmar mais que qualquer argumento. Isso agora lhes era muito conveniente, explicou o juiz à mulher na noite da triste descoberta. Ainda que a natureza de imitação do anel não fosse visível a olho nu, um entendido mais arguto poderia levantar dúvidas a respeito. Melhor sempre deixar pairando uma dúvida sobre o que ela trazia no dedo: o original? a imitação? Mas Maria Bráulia não resistia e quando achava que não havia risco dizia baixo no ouvido da irmã Maria Altina, da avó, dos pais, de uma amiga, até de um simples conhecido: "Hoje estou mesmo com *ele*!", e todos entendiam perfeitamente a que ela se referia e imploravam para que não o tirasse do dedo nem um segundo e o devolvesse ao cofre particular do banco no dia seguinte sem falta!

(Com o passar do tempo, porém, a morte do Munhoz, a velhice chegando, Maria Bráulia Munhoz deixou completamente de pôr o anel no dedo. "Está muito bem guardado, obrigada", respondia sempre a quem perguntava por ele. "Mas, e a cópia? Por que não usa a cópia, o anel com o rubi de imitação?" Ah, bem, o anel de imitação nunca existira! Havia sido a maneira que o Munhoz arranjara para proteger uma gema tão rara. Acaso ela era mulher de andar com pedrinha de vidro colorido no dedo? Tinha graça! E se com o correr dos anos a história sobre o *anel de imitação falso* caiu completamente no esquecimento, a da existência de um anel verdadeiro com um puríssimo rubi sangue de pombo engastado, nunca. Tornou-se aos poucos uma gema lendária na crônica sobre as joias da família.)

Na semana seguinte à triste descoberta sobre a troca dos anéis, em um jantar íntimo oferecido pelo casal Munhoz ao joalheiro que lhes dera a má notícia, mais uma vez foi a ele solicitada absoluta discrição sobre o episódio, e mais uma vez jurou ele absoluta discrição. Dessa forma o joalheiro Marcel de Souza Armand entraria para as relações da família, o que iria ter, tempos mais tarde, desdobramentos na vida de Maria Bráulia Munhoz.

Maria Bráulia não saberia dizer exatamente quando, a partir exatamente de que momento, finalmente soubera: que o rubi que ficara guardado no Brasil em um banco de São Paulo, e o que viajara com ela e fora roubado na Suíça em algum local de Lausanne, vinham a ser um só rubi e não vinham a ser rubi nenhum (como nunca houvera cofre de banco algum). E mais: que o anel que ia e vinha — colocado, trocado, guardado, sumido, roubado —

o era sempre pelas mesmas mãos, aquelas mesmas que a haviam amparado um dia, impedindo que caísse ao descer timidamente os degraus do altar, longas, aristocratas, escuras, maceradas, encordoadas por veias azuis, mãos de terracota, de marido e juiz.

Por quê?

Ela nada sabia de processos, despachos ou sentenças. Os livros de jurisprudência que cobriam literalmente as paredes do escritório protegidos nas estantes por finas portas envidraçadas, sempre haviam voltado para ela com indiferença suas lombadas mudas. E ainda assim, confusamente, lhe parecia haver alguma relação secreta e necessária entre a condição de juiz do Munhoz e a fermentação daquilo tudo.

Meu Deus! Quem a teria convencido afinal de contas? Quem se não a vida, só a vida, no seu caráter mais geral e no mais particular (o secretário-fisioterapeuta, sempre ele); a vida, só a vida, como um detetive paciente e bonacheirão, a tinha feito com o passar dos anos percorrer de volta o caminho das festas do período de noivado; de volta, sempre de volta ao sulco profundo no mar, do *Capitão Polônio* avançando para a Europa e do *Alcântara* retrocedendo para o Brasil; a fizera esbarrar de novo e sempre na mistura de confusão e teimosia do secretário-fisioterapeuta, a fizera observar (maravilhada, tornara-se enfim uma observadora) a lenta evolução de exercícios leves e apurados de ativação sanguínea — e por fim lhe havia dado a chave da intrigante natureza da pedra: *e a natureza da pedra era a natureza do juiz.*

Mas por quê? Por quê?

E novamente a vida, no que carregava de mais geral

e no que trazia de mais singular (sempre o secretário-fisioterapeuta desviando-se dela pelos cantos da casa, oh!), levou-a a examinar com redobrada atenção os vários lados do problema: e mais uma vez vieram acorrendo ao seu chamado, como dedicadas testemunhas de vista, os pais e a irmã embevecidos. E ao seu embevecimento, o embevecimento de todos os parentes e amigos e simples conhecidos e, mais atrás, o da sociedade paulistana em peso chegando e aplaudindo. E na sociedade que aplaudia, a vida — sempre como um detetive paciente e bonachão, mas já agora guiando-a pelo cotovelo com certa intimidade — a fez descobrir a um canto, aplaudindo também entusiasticamente, o próprio juiz Munhoz que, por méritos exclusivamente seus, acabava de tomar assento no cenáculo de uma das famílias mais prósperas e antigas de São Paulo. E a vida, a vida, sempre empurrando-a cada vez mais confiadamente pelo cotovelo, exibiu-lhe ainda, numa demonstração bastante franca, os diversos tipos de equilíbrio exigidos na operação; pecuniários: era preciso mostrar segurança econômica com os proventos de juiz já bastante ralos, grandemente comprometidos no incentivo à carreira do futuro secretário-fisioterapeuta (nesse ponto Maria Bráulia parou e deu uma pensadinha suplementar: Desde quando? Desde quando? Desde muito antes do casamento não é mesmo? — A vida deu de ombros: O que você acha?); sociais: era preciso escolher, entre as inúmeras alternativas para marcar o seu noivado, uma única, de fulminante efeito; profissionais: era preciso equilíbrio entre firmar-se na magistratura por um lado, por outro, não se expor demasiado às luzes da notoriedade (não se esforçar para ser desembargador, como queria o sogro, ou jurisconsulto famoso, como queria a sogra). Ser respeitado e temido, sim; mas nem sempre lembrado — dadas as circunstâncias (e a vida lhe piscou um olho gaiato). Em suma: todo o cuidado do juiz em se mover na vida era pouco, a vida explicou-lhe por fim, como uma baleia grávida de experiência e que carregasse todas as espécies possíveis de vida digladiando-se em seu ventre inchado. Cuidado e equilíbrio também e principalmente ao se mover por um escritório escassamente iluminado, com o risco de vir a esmagar os seus rins de magistrado contra alguma quina, ou se deixar tombar fragorosamente sobre os autos de um processo, espalhando e fazendo voar por todos os cantos páginas e páginas de cerrada exposição.

A essa altura da sua crescente intimidade com A VIDA (alguns anos então se haviam passado), Maria Bráulia Munhoz naturalmente já não era mais a bobinha dos seus tempos de recém-casada. Assim, quando o Munhoz lhe dizia (cada vez mais a propósito de tudo e de nada) que um juiz julga *secundum aequitatem*, segundo o sentimento que tem do que é de direito, ela baixava modestamente a cabeça como sempre, mas não em sinal de respeito como supunha o marido, e sim de dissimulação, pois o latim lhe soava (apesar do cuidado que o juiz tinha, cada vez, de traduzi-lo imediatamente em seguida para ilustração da mulher) com um timbre esquisitamente lascivo. É que por essa época a cortina das noites de breu de Maria Bráulia já começava a crepitar com o que logo mais seria o grande fogaréu alastrando-se por horas e horas inteiras da sua existência e onde também já se distinguia, iluminada pelas cores vivas e alegres do fogo, a figura encantadora do joalheiro Marcel de Souza Armand.

Nesta noite Maria Bráulia toma o seu prato de sopa mais lentamente do que de costume; com um vagar tranquilo e satisfeito. A sesta da tarde fora particularmente agradável. Depois lhe é trazido um pouco de pêssegos em calda com creme de leite. Por fim termina e suspira de puro contentamento. Maria Preta atende ao chamado do sininho de prata. Pela última vez naquele dia tem lugar a cerimônia da apresentação da vasilha de cristal com a pétala de rosa boiando na água perfumada. Os olhos de Maria Preta acompanham as mãos de Maria Bráulia, os dedos unidos em forma de pinha descendo em direção à água para, na fração de tempo seguinte, erguerem-se rapidamente de volta agora desunidos em um movimento solto e aparentemente sem direção. Porém depois de tantos e tantos anos os dedos não saberiam então o que fazer, para onde se dirigir? Como duas avezinhas amestradas, as mãos num movimento único ascendente tocam de leve o rosto de Maria Bráulia fingindo que levam a ela água suficiente para lhe limpar os lábios, de resto limpíssimos. Agora é Maria Bráulia que observa as mãos de Maria Preta, rápidas e silenciosas, vindas pelos lados, por trás, ao redor, logo descendo à sua frente, vão esvaziando a mesa, deixando a nu a toalha de linho branco adamascado. Os olhos de Maria Bráulia e Maria Preta se encontram e suas mãos estão próximas. Maria Preta tem uma entonação de surpresa como se só então tivesse se dado conta:

— Oh! Depois de tanto tempo! Com o seu lindo rubi de Tanajura no dedo dona Brau?

— Que é isso Preta? Quantas vezes já não lhe falei? Rat-na-pura! Do Sri Lanka, do Ceilão. Tanajuras são formigas. Ahn, ahn — Maria Bráulia ri com doçura e tolerância, muito divertida, balançando a cabeça de lá para cá. Ahn, ahn, ahn.

— Ahn, ahn, ahn — se ri também Maria Preta balançando igualmente a cabeça de lá para cá. Como se o engano não fosse só seu mas das duas, uma terceira misteriosa entidade pela qual as duas zelassem juntas, que lhes fosse preciosa por igual, e da qual falassem com igual complacência. Estão com os rostos próximos, ambas com o olhar preso no anel de Maria Bráulia — atadas pelo pescoço por duas coleiras iguais, elos, cadeias de lembranças rolando para o passado e as deixando ali agarradinhas naquele doce cacarejo, repetidoras.

Em seguida, de chofre, estancando o riso mas com o rosto sempre risonho, Maria Preta anuncia meio engolindo as palavras, endireitando o corpo e se afastando um pouco da mesa:

— Benedita chegou.
— Dita? Por que você não me disse antes?
— Chegou quando a senhora tinha acabado de sentar na mesa para a sopa dona Brau; ainda agorinha.
— Faz tempo que não vejo Dita!
— Bene. Ela prefere que chamem ela de Bene dona Brau.
— Essa é boa! Desde quando?
— Um moço amigo dela começou chamando assim e ela gostou.
— Um moço? Namorado?
— Xi, nem pensa nisso por enquanto dona Brau. Só... brincadeiras, namoricos.
— Veio de Santos hoje mesmo?

Maria Bráulia sempre se aborrece um pouco quando algum parente de Maria Preta vem de Santos e fica para passar a noite. Maria Preta não abusa mas Maria Bráulia não gosta de pensar nas duas conversando entre si, mesmo em silêncio estão lá na área de serviço, são duas, e ela para cá, é uma. Agora, não tem jeito de dizer não. Muito menos para Benedita que é sobrinha-neta e afilhada de Maria Preta. E Maria Preta é como se fosse da família. Põe assim mesmo um tom de firmeza na voz:

— Para quando foi que ela combinou começar o serviço em casa de Maria Altina?
— Ainda tem tempo. Só em julho. Veio para ver o cursinho para — hesita ligeiramente mas termina com segurança — biblioteconomia.
— Já falou sobre isso com Maria Altina? Você sabe que minha irmã é ainda mais exigente do que eu, está cansada de saber! Como vai ela se arrumar com o horário?

— Ah, dona Brau, isso tem tempo. Se ela entrar! Dona Altina não está botando muita fé!

As duas entreolham-se duvidosas e cúmplices.

— Mas... e o horário do cursinho?

— Já foi acertado. Dona Altina está sabendo.

Maria Bráulia levanta-se da mesa e senta-se diante do televisor apagado. Não olha o televisor, olha para o outro lado. As cortinas afastadas deixam passar o começo da noite lá fora, algumas estrelas, os prédios iluminados, mas as vidraças descidas e a porta de vidro da varanda fechada refletem fracamente a própria sala com as luzes acesas. E a mistura das duas paisagens, a de dentro e a de fora, estampadas nos vidros, a distraem enquanto ela aguarda Benedita, como muitos televisores acesos enfileirados que só lhe passassem anúncios, sempre os mesmos, da própria vida ali represada no nono andar, anúncios do Itaim Bibi à volta, dos territórios ignorados por onde Julião Munhoz, o sobrinho-secretário, o sobrinho de sangue do falecido juiz Munhoz, explora caminhos que ela não conhecerá.

— Boa noite, dona Brau — está lhe dizendo Benedita, plantada à sua frente. Tem dezenove anos. É muito bonita.

— Meu Deus, Dita! Bene... o que houve com você? Mudou de cor?

— Deixei de tomar sol dona Brau. Só isso.

— Quer ficar branca?

— Não tenho mais tempo de ir à praia dona Brau.

Maria Preta parece um pouco aflita. Fala um tanto apressadamente, de novo engolindo as palavras, os olhos espertos por trás dos óculos de aros dourados, de lá para cá:

— Não é mais aquela negrinha magricela que a senhora conheceu pequetita assim não é mesmo, dona Brau?

Maria Bráulia balança a cabeça divertida, muito, muito divertida:

— Não é mais magricela, não é mais negrinha, estou vendo. Você arrumou uma linda cor de caramelo Dita, Bene, Benedita. Tenha juízo heim? Vai fazer estragos em muitos corações.

Benedita permanece muda.

Quando Benedita se despede e lhe dá as costas de volta para a cozinha Maria Bráulia repara no seu traseiro duro e empinado, nas duas bolas que sobem e descem quando ela anda. "Maria Altina vai ter que dar um jeito nisso", pensa. Isso é lá derrière que se apresente numa sala? Vai ter de lhe enfiar uma cinta, ou então um uniforme com saia larga, ou uma batinha sobre... O pensamento na sequência de operações necessárias para modificar a parte mais orgulhosa e independente de Benedita a reconforta muito.

Ainda cedo Maria Bráulia se retira para o quarto. Sente-se particularmente descansada e alerta mas os fracos ruídos de vozes e risos que se filtram pela porta da cozinha a irritam. Vai ao banheiro e abre o armarinho de medicamentos preso na parede. Com a agilidade de quem está acostumada a realizar a tarefa destaca dois pinos da parte inferior de uma das prateleiras e em seguida puxa-a de leve. As prateleiras e o fundo do armário deslocam-se em conjunto e revelam uma outra porta, de cimento armado, bem menor que a primeira e colocada no fundo, na depressão do retângulo descoberto. No meio há uma placa circular de aço cromado do tamanho de um pires com sequências de algarismos de um a dez dispostos ao redor em dez anéis giratórios. Com segurança e precisão suas mãos finas e compridas de nós dos dedos salientes mexem rapidamente de lá para cá nas várias sequências até montarem o número do segredo. Agora é só puxar pela maçaneta colocada no centro da placa circular e a porta, muito grossa, de seis centímetros de espessura, abre-se silenciosamente. Dentro há uma caixa de metal com papéis, e dois escrínios. Retira o anel do dedo, coloca-o na pequena caixa que ficara em cima da pia e pronto. Não examina, não mexe em nada no interior do cofre. A operação de volta mostra a mesma segurança. Logo tudo retoma o seu lugar. Esse cofre é motivo de orgulho para Maria Bráulia e a disposição dos algarismos com o número do segredo tem na sua memória um realce igual ao das joias. É o mesmo cofre que fora um dia instalado na casa da Eugênio de Lima quando a ideia de um cofre particular em banco não era mais assunto que o casal Munhoz gostasse de recordar. A sugestão partira do joalheiro e ourives, o reputado Marcel de Souza Armand. Os poucos que conheciam a existência daquela verdadeira fortaleza dentro da casa concordavam que vinha a ser uma obra-prima, à altura das preciosidades que guardava. Menos o amigo de infância do Munhoz, homem rude, fazendeiro filho de fazendeiros, combatente entusiasta da revolução de 32, que costumava pôr em dúvida a eficácia do cofre com o seguinte argumento exposto no seu vozeirão rouco: vem um assaltante, bota umas bananas de dinamite nessa geringonça aí e eu quero ver! Vai a porta pelos ares com segredo e tudo! Maria Bráulia de início se espantava que o marido mantivesse amizade com criatura tão tosca e com aquela ninhada de filhos para aporrinhá-la sempre que a família vinha a São Paulo e passava pela Eugênio de Lima para "não perder o contato". Mas talvez a sua escaldante virilidade é que tornasse o Munhoz tão condescendente. (De fato, quem olhasse para o seu tipo de ruivo tostado pelo sol de Pirassununga tinha sempre a impressão de que ele estava a ponto de entrar em ebulição, e que o suor que se evaporava do seu corpo de atleta o envolvia numa aura escaldante, o que, se trazia para dentro da sala um pouco da atmosfera dos estábulos, evoluía por associação para a das florinhas do campo, tornando o Munhoz além de condescendente sempre muito bucólico e cheio de nostalgia.) Não valia a pena explicar que se o cofre fosse dinamitado havia forte probabilidade de realmente tudo ir pelos ares, começando pelo próprio assaltante e terminando no casal Munhoz. A grande truculência do amigo em emitir pareceres definitivos estava na razão inversa de sua disposição em absorver pareceres contrários aos seus, por mais sensatos que fossem. Justamente por isso não se formou em Direito, continuou fazendeiro. "A fazenda Capelinha não precisa de disputas verbais, precisa de certezas: chuva ou sol", repetia o Munhoz bem-humorado.

Terminada a operação-cofre Maria Bráulia começa os preparativos para dormir. Camisola e robe já vestidos ela passa uma fita rosa nos cabelos amarelos puxando-os para trás. Então com um pedaço de algodão molhado no líquido branco cheiroso vai apagando cuidadosamente do rosto, aos poucos, aquelas cores vivas e alegres como faria o gerente de uma casa de espetáculos apagando uma a uma as luzes, primeiro do palco, depois dos corredores, da sala de espera, do pórtico. No espelho resta então alguma coisa tão esvaziada e quieta como a fachada de um teatro às escuras. Mas não é a mesma coisa, pois enquanto no teatro o espírito do espetáculo vai indo embora junto com o público que se retira, ali no fundo do espelho começa a surgir daquelas formas apagadas, mal definidas e rugosas como o interior pálido das ostras, um espírito muito fino, animado e alegrinho, um espírito licoroso, uma destilação de natureza especial.

Sim. Hoje como em tantas noites ela vai atrás do *seu* rubi. Do *outro*. Detém-se por um momento no umbral da porta do quarto e o examina com simpatia. O quarto tem uma tonalidade verde de bosque; de luz coada do alto pela folhagem. Recebeu sol a tarde inteira, está aquecido e agradável. O rubi ali se encontra, em algum lugar. Ela muda às vezes o esconderijo e o movimenta pelo quarto como a uma coisa viva, quase um bicho de estimação arrastado de lá para cá. Hoje está numa das gavetas da penteadeira misturado a bugigangas, velhos botões desemparelhados, um dedal de prata amassado, uma lupa quebrada, amarrado dentro de um lencinho de cambraia, bem embrulhado. Maria Bráulia sempre gostou de embrulhar moedas, botões, medalhinhas, em lenços, para separar umas peças de outras. Senta-se na cama, desamarra o lenço. E ei-lo que surge, junto a umas quatro contas soltas de um colar fantasia, pendurado a uma longa e fina corrente de platina. É um rubi graúdo, de lapidação lisa, arredondada; um cabochão de rubi. Bom para ser segurado na concha da mão, fechando-se os dedos bem apertados em torno. Não machuca, não tem arestas. Logo se aquece. Morno, macio. Um bago. Uma gota de geleia de amora, uma gota de sangue com uma estrela de luz dentro. Uma maravilha.

O hábito de guardá-lo aqui e acolá, nos lugares menos prováveis, havia chegado junto com o rubi e as circunstâncias que o trouxeram um dia para a casa da Eugênio de Lima. Do momento em que passou a pertencer a Maria Bráulia nunca teve lugar certo dentro da casa nem hora para aparecer no pescoço de sua dona. E quando aparecia, havia além dela uma só pessoa, sempre a mesma, para apreciar aquela peça única, tão original, a mesma que a havia trazido e lhe conhecia o exato valor, e que podia sempre sem se cansar perder horas e horas discorrendo a respeito. Principalmente porque assuntos de joias por menos que pareçam se misturam muito aos da existência, merecendo ser examinados de diferentes ângulos. As gemas raras devem ser engastadas nas joias com o mesmo cuidado com que estas se engastam na linhagem de uma família, havia dito ainda o joalheiro Marcel para os seus anfitriões um dia — quando jantavam apenas os três ao redor da pequena mesa redonda — olhando alternadamente do juiz Munhoz para o cisne de Murano. Pois nesse período o joalheiro e ourives achava cada vez mais difícil fitar Maria Bráulia nos olhos e a recíproca sendo válida ficava também cada vez mais difícil aos dois conversarem sem a mediação do juiz Munhoz, que por seu lado não poderia deixar de se sentir gratificado com a atenção, poderia mesmo dizer-se paixão, com que esse interessante homem, descendente de franceses pelo lado paterno e de portugueses da região de Beira Alta, Trás-os-Montes, pelo materno, fazia questão de o distrair introduzindo-o nos meandros mais pitorescos do seu ofício, com os olhos sempre fixos nos seus (desviando-os apenas, com o ar ligeiramente febril dos inteiramente dominados por sua profissão, para pousá-los por momentos no centro da mesa).

Porém, mesmo muito antes da época dessas curiosas exaltações narrativas, ele já havia conquistado a confiança e o coração do Munhoz. Tanto que um dia, no início do conhecimento, o juiz foi visitá-lo privadamente em sua loja em busca de um relógio de ouro para um presentinho que precisava fazer a alguém a quem devia muitos favores; ali entre eles não se furtava a dizer que se tratava do seu secretário particular, identificava-o mesmo para o joalheiro poder escolher algo que fosse bem com o seu "tipo", "nada comum, não é mesmo?", havia acrescentado ao terminarem o encontro, pedindo-lhe discrição na transação, absoluta, estamos entendidos? Outras visitas se haviam seguido a essa, sempre para responder a favores ou serviços prestados de natureza tal que ofenderiam quem os prestava se fossem pagos em moeda corrente. O prestador parecia sempre ter o tipo e a altura do secretário particular, seriam muitos de tipo igual ou seria sempre o mesmo, o joalheiro não tinha muita certeza e as transações invariavelmente terminavam com o mesmo pedido de discrição por isso e por aquilo. As joias que ele comprava para Maria Bráulia para comemorar alguma data naturalmente não poderiam estar à altura das que ela já tinha, ela mesma depois do triste episódio do rubi sangue de pombo fora a primeira a desestimular novas extravagâncias, ainda assim, aquele alfinete de prata e malaquita, o que você acha? Quanto à cigarreira de ouro com tampo esmaltado, mais uma vez eu lhe peço etc. etc.

Por essas e por outras a relação entre os três, Maria Bráulia, o Munhoz e o joalheiro, firmava-se, e assunto para conversa não faltava entre eles, ainda que houvesse um certo desequilíbrio ultimamente no ambiente cordial quando o juiz tinha que se ausentar da sala, ou quando as circunstâncias obrigavam imperiosamente o joalheiro a dirigir a palavra diretamente a Maria Bráulia, pois não poderia pedir ao juiz para lhe passar o saleiro se este se achava do outro lado, exatamente a um centímetro da (então) delicada mão de Maria Bráulia pousada sobre a toalha. De igual forma, ficava difícil a Maria Bráulia, com o bule erguido, pedir ao juiz que perguntasse ao joalheiro se ele aceitava mais uma xícara de café. Isso tinha naturalmente consequências sérias para Maria Bráulia. Não era impunemente que ela desviava os olhos sistematicamente dos olhos do joalheiro, a ponto de chegar a pensar um dia — completamente fora de si — que seria incapaz de reconhecer seu rosto entre outros, se o encontrasse por acaso no meio de uma multidão!

Durante as noites compridas, porém, riscadas por arrepios e clarões, ela sabia bem que não era assim. A figura do joalheiro então lhe aparecia nitidamente nos mínimos detalhes: a baixa estatura, os ombros largos, uma certa corpulência não destituída de elegância, a cabeça grande e benfeita de cabelos penteados para trás voltada na sua direção mas com o olhar sempre de soslaio, para o Munhoz. Como também sua extraordinária semelhança com a rainha Vitória da Inglaterra em uma foto da soberana reproduzida no grosso volume sobre o Império Britânico, da biblioteca do marido. A soberana posava sentada com uma das mãos apoiada no queixo, a cabeça ligeiramente para o lado, olhando de soslaio para algo fora do quadro. A outra mão dobrada no colo, a roupa escura de punhos e gola brancos, a corrente do relógio destacando-se na roupa, os cabelos penteados bem para trás das orelhas. Todavia, uma semelhança que excluía o rosto muito redondo e a feiura de Vitória; também os seus cabelos muito lisos e puxados (Marcel de Souza Armand os tinha fartos e ondulados), pois tal é o mistério das afinidades fisionômicas ocorrendo por meio de aproximações e afastamentos bizarros. Maria Bráulia havia se irritado um pouco com a descoberta quando o Munhoz a exibira em seu escritório equilibrando o grosso tomo nos joelhos pontudos e arrematando o achado com uma risadinha deliciada (e leve levemente desafinada). Tudo isso se materializava então com grande nitidez, no coração mesmo dessas horas noturnas turbulentas.

Estavam as coisas nesse pé quando um dia finalmente se esclareceram, para o bem dos envolvidos. Para isso a vida tomou mais uma vez Maria Bráulia aos seus cuidados, desempenhando o conhecido papel de sua confidente e conselheira. (A mesma vida que mais adiante iria golpear o juiz Munhoz e vencê-lo com apenas dois golpes certeiros separados um do outro por dois anos, período porém que dentro da contabilidade do Eterno seria equivalente aos breves instantes finais vividos no ringue em um torneio de boxe.) Os anos haviam passado sem se fazer sentir, o que não quer dizer que o conteúdo da existência que carregavam permanecesse o mesmo. Tudo mudava, mas os envolvidos pareciam disso não se dar conta. Pois mudava sem estardalhaço, com a astúcia dos dissimulados.

Maria Bráulia, cansada daquela situação em que via tão confusamente o joalheiro durante o dia a ponto de parecer sonâmbula, e tão claramente durante a noite a ponto de permanecer desperta, apresentava, como era de se esperar, grande abatimento.

O que levou um dia o joalheiro, tomado de súbita decisão, a se dirigir ao juiz Munhoz diante de Maria Bráulia e comentar sua palidez. Decisão tão súbita assim? Ou a fase anterior vivida não teria passado de um preâmbulo bem orquestrado por Marcel Armand para o choque atual? Em que ele começara sistematicamente por desviar os olhos e ela simplesmente o seguira como a um encantador de serpentes? Num complicado jogo no qual para imitá-lo não a olhando ela precisava ainda assim olhá-lo? O que finalmente explicaria o seu sonambulismo diurno seguido por suas noites fotográficas! Como saber exatamente? A favor dessa hipótese pesava a personalidade de Marcel de Souza Armand: muito controlado, satisfeito consigo mesmo e hábil para se permitir ir à deriva levado pelas emoções. Não que elas não fossem sinceras. Mas sua natureza mais profunda participava um pouco da astúcia dos dissimulados mencionada atrás, em que a ordem das coisas vai mudando, vai mudando e mal se vê quem, ou o quê, a empurra e a faz mudar até que um belo dia... Em suma, dirigiu-se o joalheiro bruscamente ao juiz Munhoz e diante da própria Maria Bráulia comentou sua palidez de cera, olhando-a agora demorada e frontalmente nos olhos. E se essa atitude do joalheiro teria sido de fato o clímax de um paciente processo visando a só Deus sabe o quê com a mulher do juiz, o que se passou em seguida foi muito além de qualquer expectativa. Pois Maria Bráulia esboçou um leve gesto de recuo e sufocou uma exclamação, oscilando como se fosse cair. O juiz amparou-a impressionado e sugeriu de imediato que ela passasse a sair mais e começasse por ir visitar a joalheria do amigo Armand, o que até então só fizera poucas vezes e sempre na companhia do marido. Fosse, fosse, talvez ainda não amanhã, seria imprudente, mas logo mais, ainda nessa semana, depois ficasse pela cidade, fosse tomar chá no Mappin ou na Casa Alemã, convidasse a irmã Maria Altina ou uma amiga qualquer para encontrá-la, ou fosse sozinha mesmo, não era mais nenhuma criança, mas fosse, fosse, fosse.

Tinha pouca imaginação o Munhoz quando estava preocupado com assuntos de jurisprudência. Assim, se tivesse sido o amigo fazendeiro a fazer a observação, insistiria para que a mulher, imediatamente, saísse de São Paulo para uma rápida incursão à fazenda Capelinha. O que poderia ter tido um efeito devastador em Maria Bráulia, de consequências imprevisíveis. Esterco, criança, criação, carrapicho — e naquele momento de sua vida — não teria suportado. Sendo o joalheiro porém quem se achava ao lado, bem outra foi a sugestão, melhor dito, a ordem. Para não ser descumprida. E o juiz ergueu a mão em um gesto que lhe era habitual ao encerrar as audiências.

E foi assim que se quebrou o encantamento e teve início para Maria Bráulia Munhoz e Marcel de Souza Armand uma gratificante troca, primeiro de olhares, logo de confidências, seguidas de discussões amenas e conversas a perder de vista. Começando a nova fase na própria joalheria Marcel, na salinha dos fundos, particular, que o joalheiro reservava para os clientes selecionados, aos poucos foi recuando, recuando sempre dentro das tardes paulistanas, para outros espaços ainda mais seletos e particulares.

No tempo ainda da salinha foi dada a Maria Bráulia a primeira aula sobre rubis em lapidação cabochão.

— Este rubi — dissera Marcel Armand mostrando um rubi não lapidado — tem no meio uma inclusão. A inclusão é uma imperfeição, uma impureza da gema: pode ser um pequeno canal, uma bolha, uma parte de outro mineral, como rutilo. Mas veja você, Braulinha (quando a sós suas relações já admitiam o diminutivo), nos rubis isso não quer dizer perda de qualidade, pelo contrário, é uma garantia, uma prova da legitimidade da gema, pois o tipo de inclusão no rubi natural é diferente no sintético. Além disso, a inclusão de rutilo é muito apreciada. Quando a luz bate na superfície lisa e abobadada da lapidação em cabochão, as agulhas de rutilo dentro produzem um lindo efeito chamado olho de gato. Agora, quando as agulhas de rutilo estão agrupadas em vários pontos, o efeito é de asterismo, de estrela. Este rubi quando lapidado vai ter dentro uma linda estrela.

Marcel Armand fez uma pausa, olhou *bem* Maria Bráulia nos olhos e continuou:

— Agora Braulinha o seu casamento é um pouco como esse rubi. Você sabe e eu também sei como ele é. Tem dentro dele uma pequena inclusão (o secretário-fisioterapeuta!, deduziu Maria Bráulia extasiada), eu sei e você sabe qual é (ele! ele!). Vamos então *aproveitar* essa inclusão para produzir com ela um bonito efeito estrela (meu Deus!). Acho que você está me entendendo Braulinha (Cristo, Cristo). Pelo seu arzinho sisudo tenho a impressão de que está invocando Deus. Faz bem! Sempre gostei do jeito piedoso da sua família. Mas nem por isso aconselho você a correr a toda a hora ao seu confessor para pô-lo a par de sua vida como se o confessionário fosse a Agência Nacional (esse homem blasfema). Pode parecer que cometo um sacrilégio ao falar assim. Você está errada, sorria! (Meu Jesus, guiai-me.) Sou tão católico apostólico romano quanto você. Se não mais. Um dia ainda lhe conto a história de uma antepassada portuguesa, a Santinha de Samouco como era conhecida. Se fosse italiana em vez de portuguesa, há muito teria sido aberto o processo da sua canonização. Agora, se o seu confessor não compreender você um dia, mude de confessor. Se o outro também não, troque de novo. Sei o que digo. A Santa Madre Igreja paira muito acima dos que falam em seu nome sem merecê-

-la; isso aprendi com a vida. Outra coisa: confesse o que quiser para o seu confessor mas nada de muito colorido, detalhes, nomes, circunstâncias. É mais prudente. Tem muito padre largando a batina hoje em dia (blasfêmia. Esse homem blasfema). Basta definir o tipo do pecado (pecado!) quando for o caso. Sobre o seu casamento é que não será. Nada do que fizer dentro dele pode ser considerado pecado. Ele poderia ter sido anulado no início, também pelo Código Canônico, por erro essencial de pessoa, você sabe bem o que quer dizer isso? (meu Deus, que seja realmente vós que estais falando pela boca desse homem!). Mas agora, com sua mãe tão velhinha, trazer à tona tudo isso e, pensando bem, mesmo antes, no começo, quero dizer (morreria, morreria) e a sua família toda e a do Munhoz (acabadas) e o Munhoz tão estimável a despeito de (destruído, simplesmente destruído). Não vamos fazer ninguém desgraçado, ninguém merece ser desgraçado, não é mesmo? (ninguém merece ser desgraçado!). Vamos pôr uma estrela dentro desse casamento. Só isso.

Bateram à porta, o que ocorria frequentemente, e Marcel Armand apressou-se:

— É uma gema de cor muito pura mas não vou dizer que é um rubi sangue de pombo para não lhe trazer recordações tristes (malditas!), você vai ver depois de lapidado; uma pessoa que não entende de gemas não sabe a diferença que faz um rubi antes e depois da lapidação. Agora é opaco não é mesmo? Mas depois! Bom, este de qualquer forma não tem transparência que aconselhe uma lapidação em talhe brilhante ou esmeralda, a indicação é para cabochão mesmo. Possui ainda assim um grande valor. Não vou lhe mentir sobre *este* rubi, *este* rubi, oh minha ador, minha queri, desculpe, preciso mesmo atender, volta então amanhã?

Maria Bráulia voltou na tarde seguinte e em muitas outras, mas a segunda e definitiva lição sobre o cabochão de rubi seria dada só bem mais tarde.

Tão entretida com a vida estava Maria Bráulia nessa época! Seus olhos azuis então brilhavam muito sem precisarem ser espevitados com qualquer pintura e apenas dois fiozinhos de cabelos brancos misturavam-se ao louro suave. Uma linda mulher, na força da idade.

As pessoas às vezes comentam: A vida, heim? A gente nem percebe.

O juiz Munhoz não percebia a vida. E ela ali, ao seu lado, de tocaia. Sempre havia sido um homem discreto e depois de aposentado ficou mais. Quase um velho. Nesses anos de Estado Novo nunca havia se metido com política nem havia de. Tinha dois ou três galinhas-verdes como amigos, mas tinha outros. Quando ia ao Rio, gostava das comediazinhas cantadas que caçoavam do Presidente. Entrava saracoteando no palco um baixinho com a barriga empinada e o charuto no canto da boca, a plateia vinha abaixo de tanto riso; no camarote oficial outro baixinho com a barriga empinada e o charuto no canto da boca ajudava a plateia a vir abaixo de tanto riso. O Munhoz olhava para o palco e para o camarote. A casa inteira à cunha olhava para o palco e para o camarote; o baixinho cantava e se agitava para o baixinho que ria e aplaudia. Era preciso dar corda como num realejo à Capital do País, ao País; e se dava. E gostava também das comediazinhas que contavam de amores proibidos atrás da porta entre patrões gordotes e empregadinhas de peito redondo. Ria, ahn, ahn, ahn, muito divertido, muito tolerante e compreensivo, como o baixinho de charuto na boca no alto do camarote, como Maria Bráulia faz hoje. Ria muito mas não ria escancarado. Nada do que fazia era escancarado. Só quando se tratava de estimular o secretário-fisioterapeuta que custava tanto, mas tanto a se formar em advocacia, aí então sim, chegava quase a gritar com voz aguda: "Um bom advogado é como um bom tintureiro! Pinta qualquer lei com as cores da sua bandeira!". Havia acompanhado com interesse as alterações nas leis processuais civis e penais daqueles tempos, na unificação processual para todo o País, no impulso que a jurisprudência havia tomado depois do Código de 1939; participara então de comissões, dava pareceres, estudava, mas preferia influir meio de longe, ficar na sombra mesmo quando acertava, nada de escancarado.

A "interposição de pessoa" vinha a ser uma situação jurídica com a qual afinava muito. No seu dia a dia o interessado em algo raramente era quem se apresentava; o objeto do interesse não estava onde parecia estar, quem dizia as coisas nem sempre era quem abria a boca, o verdadeiro assunto não era o que se estava tratando no momento, e assim por diante.

E a vida ali ao seu lado, de tocaia. Pois a vida, imitando o juiz, preferia a sombra.

E imitando sua distração predileta, o boxe, um dia agiu de conformidade, saltando de um canto escuro do escritório para lhe aplicar inesperadamente, sem mais nem menos, um jab, um gancho esquerdo em um lado do rosto entortando-o ligeiramente e para sempre. Um olho ficou mais fechado, um canto da boca também e um pouquinho repuxado. E agora quando falava suas falas pausadas eram ainda mais pausadas. Maria Bráulia notava assustada (nesse período voltou-lhe um pouco do antigo temor ao marido) que as palavras pareciam vir de muito longe como o rugido do mar — eram palavras transatlânticas —, para morrerem ali no canto da boca, formando, diante dos amigos constrangidos, uma leve camada de espuma que se demorava a desaparecer quando Maria Bráulia não conseguia lhe passar o discreto sinal de advertência. As suas explanações chegavam agora custosamente e terminavam sempre como uma onda termina na areia. Aquele volume todo tão surdo, aquela ameaça vinda de tão longe, de tão fundo pensada, e logo mais um pouco de espuma apenas, uma espuminha de nada, à toa.

Com a morte da mãe de Maria Bráulia e o derrame do juiz Munhoz, Maria Preta havia entrado então para a casa da Eugênio de Lima. Mandava um pouco nas outras empregadas, tinha o direito de ser mandona pois cuidava de tudo, atendia aos mínimos desejos do Munhoz. Uma joia. Como se fosse da família.

Nesse intervalo entre a primeira manifestação da doença e a última, o juiz Munhoz começou a se preocupar com certas questões que sempre haviam existido para ele mas de forma subentendida, misturadas à sua profissão, ao lugar que ocupava na sociedade, à vida pública que assistia passar ao longe. A coisa lhe chegava agora através de duas palavrinhas fatais: dolo, decoro. Lembrava como sempre lhe havia competido manter a ordem e o decoro nas audiências. E como sentira sempre que o decoro o cobria por inteiro e à sua existência toda como uma ampla toga na qual (tal como faziam as senhoras pudicas da família de Maria Bráulia) procurava ajeitar as pregas de forma que nenhuma parte mais íntima da sua pessoa ficasse de fora. Pensava em como um juiz teria de responder por perdas e danos quando no exercício das suas funções (e fora das suas funções, então!) procedesse de forma criminosa, fraudulenta, com dolo.

Dolo! Só agora se dava conta de que este era também o nome de uma espécie de punhal usado antigamente na península hispânica. E lhe produzia desagradável calafrio lembrar-se então daquele comerciante de gemas espanhol que um dia, no período do seu noivado, saíra inteirinho da sua imaginação prodigiosa (não era dado à modéstia) oferecendo-lhe um autêntico rubi sangue de pombo para com ele presentear a noiva! Esquisito que só agora com os ócios da doença e da aposentadoria atinava com a ligação entre a nacionalidade do comerciante e as suas próprias atividades particulares, durante o correr de sua existência sempre tão carregada, por assim dizer, de certa "miséria dolosa". Pensava com tristeza nas circunstâncias especiais que afinal de contas tinham-no obrigado a despender tanta energia mental, deixando que se gastasse com aquelas "pequenas fantasias inofensivas", "talvez um pouco mistificadoras", reconhecia hoje, sua enorme capacidade inventiva de jurisconsulto (e quando esta aflorava era para ter de lhe quebrar a espinha orgulhosa e deixá-la confinada à sombra, muitas vezes submetida à assinatura de uma figura interposta!).

A nacionalidade espanhola do comerciante de gemas lhe voltava então com o lampejo fatídico do punhal hispânico "dolo" para atingi-lo até a medula dos ossos. Outras vezes porém tornava a ser condescendente consigo e se admirava sinceramente de que a quintessência da sua imaginação de juiz tivesse podido se hospedar no corpo de um simples rubi de vidro flint! Além do mais esse seu ato (e tantos outros!...) não visava afinal de contas apenas o decoro, não mais que o decoro, sempre o decoro? Não visara este em particular imprimir uma aura de fartura e respeitabilidade ao noivado? Não visava a dignidade, brio, pundonor, correção moral, tudo aquilo em suma que o termo abrigava de bonito, assim como aquele pedacinho de vidro vermelho abrigara por um bom tempo uma das faíscas mais cintilantes da sua capacidade inventiva?

O juiz Munhoz ia e vinha pelo escritório, ia e vinha, mas não se decidia se em sua vida o dolo ou o decoro teria sobressaído. Ou se apenas o decoro existira para esconder o outro, o dolo, como se isso fosse possível, ou, ou, a vida, meu Deus, a vida.

A vida me golpeou — gostava de dizer o juiz Munhoz nesse período, quando pensava saudoso na sua coleção de retratos de corpo inteiro dos grandes campeões do boxe mundial. (Pois o boxe lhe havia permitido, sem perda do decoro, apreciar tranquilamente aquela inesquecível galeria de musculaturas admiráveis, de torsos formosíssimos.)

E assim foi que a vida como um grande campeão peso pesado, talvez mesmo o mais admirado pelo Munhoz,

Joe Louis, o Demolidor de Detroit, chegara mais uma vez de improviso; e com um segundo e definitivo jab, um direito no queixo, nocauteou-o.

Ele dissera uma única frase antes de se ir. Havia ordenado com um gesto de mão que não deixava margem a dúvidas, para se retirarem do quarto. O pedido tinha a dignidade daqueles de outrora quando na sala de audiências advertia que, por não se comportarem convenientemente, deveriam todos imediatamente evacuar o recinto. A família obedeceu. Ficou só Maria Bráulia.

Ela havia se aproximado muito do leito para poder ouvi-lo pronunciar a pequena frase latina que pertence ao universo do juízo togado, de que em caso de dúvida a sentença deve pender a favor do réu. Mas ele não teve tempo de traduzi-la, como usualmente fazia para proveito da mulher, para sua elevação. Maria Bráulia tremia. O que sabia ele? Implorava o seu perdão ou o outorgava? Ou nada, nada! Talvez se mostrasse apenas estonteado por essa vida sempre triunfante, brutal, e que tal como o Demolidor de Detroit se retirava por vontade própria, sem perda do título.

Em suma, ele havia dito então muito claramente, ainda que num sopro:

— *In dubio pro reo.*

Como se fabrica uma velha empertigada?

A velhice o tempo fornece. O empertigamento chega na corcova do mundo. Denteada como a crista dura de um velho réptil gigante onde, conforme o lugar de observação, os espinhos (e os cacos de vidro espetados para apanhar bandido) estão em cima ou embaixo. Aprender aos poucos: a pegar um olhar que vem do alto, segurá-lo embaixo e sustentá-lo com arte no cantinho do olho, na esquina do olhar, para no devido tempo jogá-lo por sua vez para baixo; tamborilar impaciente as mãos sobre a mesa dizendo repetidas vezes: você sabe muito bem a que me refiro, você sabe muito bem a que me refiro, e passar ao largo da fisionomia assombrada porque não sabe, com fina elegância! Um longo, duro aprendizado e então vem um acontecimento súbito como a morte do juiz Munhoz, e o fabrico se acha pronto. Não ainda a velhice, apesar de lá bem no miolo do empertigamento de Maria Bráulia ela já ter ajeitado o seu ninho de onde vai crescer e se expandir.

Maria Bráulia chorou muito e sinceramente o Munhoz. Haviam sido anos felizes e tranquilos de uma vida muito respeitável. Um respeitador! Não era? Ainda assim (ou por isso mesmo) chamou o secretário-fisioterapeuta (há um tempo já não estava mais a serviço do Munhoz) e convidou-o a sentar-se à pequena mesa redonda para um chá íntimo; tamborilou sobre o tampo a ponto de fazer trepidar ligeiramente o lago de espelho com o cisne de Murano em cima e disse-lhe que se permitia estranhar muito a sua ausência no enterro e mais ainda na missa de sétimo dia. Ele balbuciou e não respondeu. Ela continuou: os dois brilhantes desses brincos são seus. Tenho certeza de que o Munhoz quando os olhava pensava em um par de abotoaduras para o senhor. Vieram de minha família mas o que é meu sempre foi também dele. São seus agora, como lembrança dos longos anos de serviços prestados. (Marcel de Souza Armand lhe havia dito, depois de um exame acurado, que os brilhantes ainda que verdadeiros não eram nem de longe as maravilhas que pareciam ser; juntos os dois valiam menos que a pequena safira.) Ela empertigou-se, esperou, e quando ele finalmente pegou o estojo de veludo revestido de cetim nas mãos suadas ficou certa de que lhe tinha cortado para sempre os caminhos de volta para aquela casa; sob qualquer pretexto. Depois que ele havia se retirado, ela sentou-se de novo à mesa, tomou mais um pouco do chá já frio e chorou. Se chorava pelos dois brilhantes, pelo Munhoz, pelos três ou apenas por si mesma, é difícil saber. Reparou que o lago de espelho com o cisne de Murano estava bastante empoeirado e pensou que era preciso falar energicamente com Maria Preta a respeito.

É quase meia-noite. Maria Bráulia está deitada com o cabochão de rubi no pescoço. Alisa-o distraidamente com uma das mãos no peito. Escuta um ruído regular vindo de um lado da parede e que a faz muito feliz. Lembra ora chuva de granizo batendo no coradouro do quintal de sua casa na infância, ora o pedrisco misturado à areia sendo jogado nos caminhozinhos sinuosos do jardim da sua casa na Eugênio de Lima. Barulhos de infância e mocidade, de casas trabalhando e crescendo debaixo do sol como dois grandes pães de bom fermento. Logo se dá conta: é aquela negrinha sonsa que só porque desbotou um pouco pensa que já é branca. Sempre que chega é o mesmo aguaceiro. Vai gastar toda a minha água da caixa com o tamanho desse banho.

    Finalmente o chuveiro é fechado. Benedita sai dele ainda pingando água com a toalha amarrada na cintura. Maria Preta afrontada resmunga:

— Isto aqui não é praia de topilés. Te cobre menina!
Vai ajudando Benedita a se enxugar. Lhe dá uma boa esfregadela nas costas. Olha para os seus pés.

— Xi! Se dona Altina visse isso! Meu Jesus!

— Isso o quê madrinha?

— Que pé mais feio. Veja o cascão no calcanhar.

— E eu lá tenho tempo sobrando para gastar esfregando o pé?

— Tem que ter, se quiser ficar na família. Dona Altina então é de uma exigência!

— Eu *não* quero ficar na família. Enquanto me preparo no cursinho, só. Me dá mais sossego para estudar do que em loja ou casa estranha. Depois, se não entrar continuo mesmo em Santos trabalhando num cabeleireiro, dando um tempo. Já recebi convite para ajudar a fazer cabelo.

— Na família você tem futuro e aprende bons modos.

— Ah, sei! Um futurão.

Benedita enfiou a camisola curta por cima dos cabelos molhados, está sentada numa banqueta, mexe os dedos dos pés conversando também com eles:

— Mas que velhinha mais safada, mais nojenta essa dona Brau heim? Enrugada, seca e pintada daquele jeito parece um mico de circo! E como empina o esqueleto quando fala! Já que é tão perguntadeira, por que não pergunta para a caçula de dona Altina que passa a vida se torando na piscina se quer ficar preta? Nojenta! Pensa que é o quê?

— Fica quieta, sua sem-vergonhazinha. Vou te mostrar como se tira o cascão com pedra-pomes e ralador. Mas primeiro tem que lavar de novo os pés. Bota eles aqui na bacia. Mas será que não pode ficar um minutinho quieta Dita?

— Bene.

— Bene.

Maria Preta está muito atenta ao serviço. Botou um avental de plástico por cima do outro. De vez em quando diz:

— Baixa a voz, baixa a voz.

— Não se ouve nada do outro lado. Você mesma não disse que só passa barulho de latrina e de chuveiro?

— Mas baixa a voz assim mesmo pestinha. Fica quieta com esse pé que eu não posso trabalhar direito.

— Ah, ah, madrinha. Preta para cá, Preta para lá. Não sei como você aguenta.

— Não tem nada de aguentar. Já te contei a história um milhão de vezes.

— Conta de novo se não eu puxo os pés.

Maria Preta gosta da ideia:

— Em toda casa grande daquele tempo tinha geralmente muita Maria como você sabe. Só na casa da mãe de dona Brau, de gente da família tinha três: dona Maria Francisca, que era a mãe e ficou Chiquinha, dona Maria Bráulia e dona Maria Altina. De empregada tinha eu e mais duas Marias, três.

— Seis Marias?

— Seis Marias. Eu era Maria Firmina mas ninguém nunca, nem no tempo da minha mãe viva, ninguém nunca botou Firmina no meu nome depois de Maria; só ficou Firmina no registro. E tinha mais duas Marias. Uma era Maria Francisca, o nome da mãe de dona Brau e dona Altina veja que coisa! Ninguém ia chamar ela nem pelo nome nem por Chiquinha não é? E tinha outra, a lavadeira, que só tinha Maria no nome.

— E então?

— Hoje não dá para acertar de vez esse calcanhar. Você tem de fazer isso todo dia depois do banho. O pé tem que ser tão bonito como a mão, sempre me disse dona Brau. Nem que o pé viva escondido e a mão sempre de fora. Pé fino, parecido com mão, não é unhinha pintada de cor-de-rosa como essas aí; pé parecido com mão é...

— E depois, as Marias.

— Bom, eu fiquei Maria Preta. Está na cara não está? A Maria Francisca ficou Maria Russa. É que ela tinha trabalhado antes para uma gente que falava russo, todos diziam que era russo. Aprendeu até a dizer uma frase inteira naquela língua de herege. E a Maria lavadeira que era só Maria mesmo.

— Era branca não era?

— Era sim, como a outra, a Maria Russa.

— Então por que não ficou Maria Branca?

— Não seja boba. Ninguém ia chamar assim. Ela era nova na casa. Vinha chegando com a roupa do fundo do quintal onde ficava o coradouro. Dona Chiquinha ouvia os passos, perguntava: "Quem vem aí?". Ela respondia: "É Maria!". E dona Chiquinha tornava: "Maria o quê?". Sabia mas perguntava. Ela respondia: "Só Maria, dona Chiquinha!".

— Com o tempo foi ficando Só-Maria, depois Sô-Maria. E a gente chamou ela assim até a morte, de doença do pulmão. Sofreu muito na vida. Foi muito infeliz. Para mim não foi o pulmão foram as urtigas do sofrimento. Nas minhas rezas nunca esqueço a Sô-Maria.

Maria Preta está orgulhosa do seu trabalho. Benedita examina os pés cuidadosamente:

— Uh! Fiquei com um calorão com essa massagem toda. Me dá a sandália ali, madrinha.

— É bom mesmo calçar as sandalinhas enquanto pode. Porque depois...

— O quê?

— Se tem moda que dona Brau e dona Altina não admitem na casa é pé de empregada dentro de sandália, com calorão e tudo. Mesmo pé de moça da casa sem meia já vi que dona Brau acha feio. Outro dia quando seu Julião trouxe dona Jurema aqui em cima ela fez o possível e o impossível para não olhar para os pés dela. Se tem coisa que tira dona Brau do seu tirocínio é gentinha.

— Mas essa dona Brau é mesmo do cacete!

— Espera um pouco, não calça ainda. Olha aqui na luz como ficou bonito apesar de tudo. Com o tempo se você caprichar vai ficar tão polido e coradinho quanto um cabochão de rubi.

— O que é isso?

— Você tem mesmo muito ainda que aprender comigo. Tem muita coisa que você não sabe do mundo.

— E o cabochão o que é?

— É quando uma pedra preciosa é lapidada de forma lisa, assim, meio redonda. (Maria Preta vai explicando com as mãos, tomando o calcanhar de Benedita para exemplo.)

— Dona Brau estava com o rubi sangue de pombo no dedo hoje não estava? Era o cabochão?

— Êh, Dita! Você não sabe mesmo ver joia!

— Bene.

— Não vou nunca me acostumar. Bene, Bene.

— É isso aí. No meu nome mexo eu. Mexo eu! Está me ouvindo?

— Por que esta braveza toda assim de repente? Não foi teu namorado que inventou isso de Bene? Ele pode?

— Inventou coisa nenhuma. Me chamou assim e eu gostei. E não é meu namorado!

— E o que é então? E é branco?

Como Maria Preta não quer no fundo saber a resposta, não liga para o silêncio de Benedita; que logo mais insiste:

— Então não era o cabochão que estava no dedo dela?

— Que é isso menina! Não reparou que o rubi era todo cortadinho? Repicado? O cabochão está preso numa corrente. Ela nunca usa nem bota no cofre. Nem sei se é de verdade como o outro, ninguém nunca me falou dele. Acho que é só de estimação mas não sei. Uma vez logo depois da morte do doutor Munhoz foi que dei conta dele. Eu nem sabia. Um dia dona Brau me apareceu com os olhos de fogo e me foi falando quase aos gritos: "Quede meu cabochão de rubi? Quede ele?". Eu nem sabia do que se tratava, eu fiquei de boca aberta. Achei que ela estava fora do sério com a morte do marido. Foi a vez que ela me ofendeu muito, parecia que estava desconfiando de mim! Eu também não conhecia a palavra como você. Xi, naquele tempo ainda tinha tanto que aprender, eu era quase menina mas já tinha responsabilidade na casa. Olhei bem ela no olho e respondi como meus avós falavam: o que a mão não leva a casa acha!

— E achou?

— Achou, achou; claro que achou! Estava no fundo de uma chapeleira misturado com uns estrasses.

— O que é isso?

— Nossa, se eu fosse explicar tudo que sei, nem dez

anos bastavam, nem minha vida inteira. E essas coisas de modos, de educação que eu quero passar para você, essas coisas então! Como já dizia dona Chiquinha tudo isso são também joias de família esses ensinamentos. A gente herda, vem da mãe e do pai para os filhos.

— Sei.

— Menina boba. Larga de fazer essa cara. Vamos, vamos Dita, não secou direito o cabelo. Passa para cá a toalha, eu seco.

— Bene.

— Chega!

— Nominho do cacete!

— Esse?

— Cabochão.

— Cabochão — Marcel de Souza Armand havia dito a Maria Bráulia naquela tarde — vem do francês cabochon. O nome foi dado por causa da sua forma arredondada de caboche, que quer dizer prego, prego de cabeça grande.

Assim havia começado a segunda e definitiva lição sobre o cabochão de rubi.

Para o joalheiro e ourives, o francês tinha a mesma importância que o latim sempre tivera para o juiz Munhoz. Era essa a língua da sua profissão e com a qual frequentemente ilustrava Maria Bráulia sobre joias e temas afins. Já com o lado português, dos Souza, os temas vinham mais ligados a hábitos religiosos, tradição religiosa, essas coisas. Havia sempre um Souza para exemplificar alguma atitude piedosa, um Souza para justificar algum ato sobre o qual pessoas inescrupulosas ou meramente ignorantes poderiam pôr dúvida quanto à sua natureza de estrita obediência aos mandamentos da Igreja, um Souza que recebera ordens, padre Souza (e que em tudo e por tudo estava nos antípodas daqueles padres desinformados com os quais Maria Bráulia teimava em se confessar); um Souza doutor em teologia medieval pela Universidade de Coimbra que discorria sobre o núcleo do universo sacramental, sobre o sacramento do matrimônio no qual os ministros vinham a ser os próprios nubentes, sobre casamentos não havidos ou anulados pelo Código Canônico (esse era um Souza que às vezes forçava Marcel Armand a utilizar o latim para melhor fixar a importância de certas passagens citadas, o que, quando isso acontecia, ainda que muito raramente, provocava grande comoção em Maria Bráulia — como se o fim e o princípio estivessem unidos na sua vida, sua vida fosse circular e Marcel de Souza Armand a estivesse devolvendo aos começos da sua mocidade e aos braços distraídos do Munhoz); uma avozinha Souza que abençoara Marcel em criança e lhe dera um bentinho que pertencera ao seu avô Souza, para não falar na Santinha de Samouco, uma Souza que depois da morte por muito tempo levara verdadeiras romarias ao seu túmulo, hábito que sem dúvida teria sobrevivido não fosse a má vontade do pároco local desestimulando a prática por meio de picuinhas e política miúda. Tudo isso por causa de uns campos de cultivo de centeio e de batatas que ele sempre havia cobiçado e eram propriedades de dois Souza.

Com o passar do tempo porém (o que acrescentava uma satisfação suplementar às satisfações já tão grandes que a presença de Marcel de Souza Armand provocava em Maria Bráulia), o lado francês (a joalheria, a ourivesaria) e o lado português (a religião) começaram a confundir-se nas descrições detalhadas que eram feitas a Maria Bráulia de gemas raras incrustadas em mitras, anéis episcopais, adornando altares etc. Quando ela pensava no céu (e o céu de certa maneira ela o teve por longo tempo três vezes por semana, religiosamente) o via cravejado de pedrarias como um sacrário; e quando às escondidas colocava sob o vestido o cabochão de rubi (o que só passou a fazer com sossego depois da morte do Munhoz), tinha a exata sensação de trazer sobre o peito um escapulário, um bentinho que a protegeria para sempre, entre outras adversidades, dos aguilhões do remorso. E como isso com o tempo cada vez ocorria menos (pois ao acariciar o seu rubi escondido eram as próprias palavras tranquilizadoras de Marcel que se aninhavam no seu coração bem formado), um formigamento sem nada de atormentador, um mordiscar de natureza particular na região em que pousava o cabochão de rubi, substituía aos poucos os remordimentos da consciência.

Por tudo isso se pode afirmar que a vida para Maria Bráulia foi mais do que mãe: conselheira, amiga, em certo período muito especial de seu casamento até detetive foi e mais tarde... bem, alcoviteira seria o termo se esse não ferisse suas suscetibilidades — a despeito dos progressos mencionados — sempre à flor da pele. Resumindo: a vida não lhe foi madrasta.

Além do mais o juiz Munhoz não lhe havia legado somente uma viuvez honrada mas todo um estilo de vida.

Apenas certa mágoa causada pelo Munhoz o tempo não dissolveu; a semelhança apontada por ele um dia (na maior inocência, reconhecia ela), leve e ainda assim persistente, entre o joalheiro amigo da casa e Vitória da Inglaterra, a que cedera o seu prenome a um tão longo período da História. Quando o joalheiro saía com os cabelos molhados de suas abluções naquele segundo andar de um sobrado afastado, ela era obrigada, com certo embaraço, a reconhecer e mais uma vez admirar-se da justeza da comparação. Ele, agastado com o ligeiro recuo dela, a olhava na defensiva, de soslaio. A parecença então se completava: como uma remota maldição, uma praga rogada do fundo do passado pelo Munhoz e que inesperadamente se realizava diante de seus olhos ainda que por breve instante; suficiente todavia para impedi-la, naquela tarde, de saborear das alegrias mais íntimas e merecidas, chegar ao fim dos seus arroubos.

E por conta dessa mágoa guarda também alguma do antigo secretário do Munhoz. Não esqueceu de todo o passado. Hoje em dia amola o secretário-fisioterapeuta no sobrinho-secretário. (Suas emoções no caso, como as atividades do juiz Munhoz, transitam por interposta pessoa.) Um pouquinho apenas. Vai pôr na linha o sobrinho que tão cedo não terá cara para aporrinhá-la com a história das joias. Nunca mais, enquanto viva for, ele vai pôr os olhos no anel. Voltou para o cofre e permanece lá. Bem trancafiado. Conhece o tipo. É dado a umas crises de melancolia e de falta de confiança (quem sabe por problemas digestivos, já o alertou a respeito) e assim ela acredita que com o tempo ele será capaz de começar a duvidar da própria avaliação que mandou fazer. Vai começar a pensar, a pensar, a pensar. Ela mesma lhe diz volta e meia: pense! Mas no quê? Em acertar na vida, ora essa! Pensar não para começar a dar voltas ao redor do mesmo assunto como barata tonta. Ele fica num estado quando pensa! Mas num estado! (Ela se ri um pouco no escuro.) Pobre rapaz, de qualquer forma vai ter de continuar a dançar direitinho no compasso dela para merecer o que ganha. Pelo bem dele. Muito sorna.

Maria Bráulia vira-se de lado na cama, acende o abajur da cabeceira e olha o cabochão sob a lâmpada. À luz artificial parece vê-lo crescer e despegar-se do seu corpo murcho. Apaga a luz. Tem ainda diante dos olhos o efeito que as agulhas de rutilo dentro do rubi produzem. Uma estrela de seis pontas navega por aquele quarto orientando-o, o quarto segue a estrela dentro da noite sem desvio de rota. Aporta em um lugar longe no passado, uma ilhota conhecida como "o desaparecimento do Marcel".

Foi do outro lado do oceano, muitos anos depois da morte do juiz Munhoz mas também há muito, muito tempo. Tem pessoas que morrem bem referidas, com velório, enterramento, missa de sétimo dia, seguidos por várias providências práticas e inadiáveis (algumas bastante difíceis de serem levadas a cabo, por exemplo a conhecida renúncia a um par de brincos de brilhantes em benefício de certa pessoa), como aconteceu com o juiz Munhoz. E tem pessoas que simplesmente somem do outro lado do oceano, com tal sovinice de provas materiais que a palavra "morte" aplicada a elas há de parecer sempre descabida, uma coisa excessiva. Isso permite que a sua lembrança flutue numa espécie de limbo, um lugar onde a "alminha das coisas divertidas", repartidas pelo desaparecido com quem as usufruiu junto dele um dia, permaneça irrequieta e incontrolável; um zigue-zague de diabinhos nas suas reinações.

É verdade que à época do desaparecimento Maria Bráulia já se achava de certa forma preparada — pela vida, por quem mais senão por ela? Pois a vida naqueles anos felizes passando lentamente havia, a partir de um certo momento difícil de precisar, começado a "baixar o som", a abafar, com os pesados tapetes e reposteiros da idade, o caminho bem percorrido por ela e o amigo da casa, de forma que os passos de ambos quase já não soavam, tudo baixando de tom, preparando, ela Maria Bráulia em particular, para "o desaparecimento".

Com a proximidade da velhice para os dois, a fiel amizade de Marcel de Souza Armand (frequentador assíduo do casal Munhoz por tantos anos) pela viúva Munhoz abria agora mão de certas cautelas. Era em suma o que parecia ser (ou quase). Foi o período em que o joalheiro já dispensava a canseira dos sucessivos sobradinhos em lugares afastados (sobreviveu um, central, em Santa Cecília) que ele alugava por brevíssimo tempo nos pontos mais opostos da cidade, sempre com o fito de causar desorientação — mas a quem, àquela altura?

Quando então viajou. Estava meio aposentado, a casa Marcel havia sido passada adiante mas ele negociava ainda por conta própria e muitas vezes para os novos donos da joalheria. Continuava a fazer anualmente sua viagem de negócios à França, além de não esquecer como sempre a passagem por Portugal. A Santinha de Samouco, essa sim, há muito havia sido decididamente aposentada de suas preocupações e conversas e, com ela, padre Souza, mais o Souza doutor em teologia medieval e tantos, tantos outros. Sempre havia, porém, uns campos de cultivo de centeio e de batatas de propriedade de uma velha prima Souza e de seu filho idiota, e que Marcel não gostaria de perder de vista. Ficavam de fato em Beira Alta, Trás-os--Montes. (Mas isso Maria Bráulia não sabia.)

Chegou para Maria Bráulia um dia uma cartinha de Marcel do exterior, curta porém firme e carinhosa. Dizia--lhe: "Segue carta detalhada com novidades interessantes". A carta que chegara após essa, porém, relatava sumariamente o falecimento de Marcel de Souza Armand, e o remanescente do ramo Armand que o fazia escolhera, além da viúva do juiz, algumas poucas pessoas para lhes dar a notícia em primeira mão. Qualquer coisa começando com um mal-estar após uma refeição copiosa regada a muito vinho verde em um restaurante português típico, instalado nos arredores de Paris, "Santinha de Samouco", onde se comemorava... (aí a informação era pouco precisa). Maria Bráulia estremecera ao nome. Santinha de Samouco? De Samouco? Por que Santinha de Samouco? — Nunca obteve resposta, primeiro de tudo porque nunca dirigiu a pergunta a ninguém além de a si própria. E este foi também o único traço de covardia claramente manifestado por Maria Bráulia nessa fase da vida.

Com a morte do joalheiro e ourives as pessoas da roda de Maria Bráulia passaram a dirigir-se frequentemente a ela em consultas sobre joias. Adquiria cada vez mais segurança, não só sobre o assunto. Entrava e saía da antiga joalheria Marcel com as honras de uma cliente preferencial, ainda que nada comprasse, apenas examinasse, com olhos conhecedores, as novidades apresentadas. Um cálice de licor encerrava a visita. Quando havia outros clientes também preferenciais na loja, era sempre com grande deferência apresentada como a viúva do juiz Munhoz. Então, ali cercada por tantas joias raras luzindo nos mostruários, discorria sobre a simplicidade e a erudição do falecido com a mesma facilidade com que discorria no meio familiar sobre rubis (onde naturalmente sempre tinha lugar de destaque, assim como um príncipe de azulíssimo sangue o tem entre plebeus, o rubi sangue de pombo).

Com o tempo esse pequeno estoque de certezas, o caráter do Munhoz e a natureza dos rubis, abriu-se sempre mais para novas certezas, e mais e mais, como uma rosa que não acabasse de desabrochar.

Assim as hesitações e os melindres restantes foram aos poucos acomodando-se uns aos outros como batatas num saco. E a alusão aos campos de cultivo (material, mas também espiritual) dos Souza não é fortuita, pois é preciso não esquecer o quanto a tranquilidade de Maria Bráulia de uma forma ou de outra lhes foi devedora.

— Veja — havia dito Marcel Armand por ocasião da lição definitiva —, as agulhas de rutilo dentro do rubi produzem mesmo um lindo efeito de asterismo como eu havia prometido, o que você acha? Não é lindo? — Lindo! Lindo! — havia ecoado Maria Bráulia ainda estonteada com o desfecho daquela tarde. — Pois é seu, todo seu — acrescentara o joalheiro passando-lhe a corrente pela cabeça (e sua mão havia então se detido um momento, pressionando de leve o rubi contra o peito da mulher do juiz). Ainda havia dito: — Em lembrança de nossa primeira tarde verdadeira e das outras que virão. — Depois ele se afastara um pouco apreciando, inclinara a cabeça de lado como era seu hábito e ali se deixara estar: os braços descaídos, as mãos cruzadas na frente do tronco reforçado mas elegante. Esteve assim imóvel um bom tempo, satisfeito, como se posasse para uma foto em grupo nas bem--sucedidas reuniões de lançamentos das novas coleções da joalheria Marcel, quando voltava, então na condição de dono, da viagem anual à Europa. Depois, com as mãos sempre cruzadas na frente pressionara significativamente aquela região que mais tarde ficou conhecida de Maria Bráulia como "o cofre do Marcel", "o lugar secreto do Marcel", "o estojo do Marcel", bem ali embaixo onde começava o par de pernas robustas abrindo-se ligeiramente, vestidas de linho claro — e completara: — Essa peça aqui guardada também é sua, inteiramente sua, toda sua.

Dissera então a palavra com uma voz irreconhecível para Maria Bráulia e, exatamente como o Munhoz sempre havia feito para ilustração da mulher, a traduzira logo em seguida, pela segunda vez naquela tarde, já com a entonação habitual, bem-humorada e didática: prego de cabeça grande.

Ele a havia pronunciado no original com um timbre carregado, para cima (uma espécie de relincho exultante), talvez truncada pela emoção, deixando-a escapar como exclamação definitiva e completando assim, de forma admirável, a lição sobre o rubi presenteado:

— Caboche!

É muito tarde. Várias cabeças rolaram. Umas fora da vida, outras nos travesseiros. Só a do cisne de Murano permanece erguida. A madrugada chega. As cortinas estão afastadas e de fora avança a sua luz branquicenta descendo na sala. Empresta ao cisne de Murano a qualidade macia do que é de carne e de penas ao mesmo tempo que lhe rouba a aparência de vida emprestada; tão descorado se acha quanto um frango de pescoço torcido sem pinga de sangue. Estarrece por afrontar as leis da natureza e os costumes dos homens. Um defuntinho de pé.

1ª EDIÇÃO [2007] 3 reimpressões

ESTA OBRA FOI COMPOSTA PELO GRUPO DE CRIAÇÃO EM MERIDIEN E IMPRESSA
PELA GRÁFICA BARTIRA EM OFSETE SOBRE PAPEL PÓLEN BOLD DA SUZANO
PAPEL E CELULOSE PARA A EDITORA SCHWARCZ EM JANEIRO DE 2013